L'acrobatie aérienne de Confucius

Du même auteur

Balzac et la petite tailleuse chinoise, Gallimard, 2000 ; Folio, 2002

Le complexe de Di, Gallimard, 2003 ; Folio, 2005

Par une nuit où la lune ne s'est pas levée, Gallimard, 2007 ; Folio, 2008

Dai Sijie

L'acrobatie aérienne de Confucius

Flammarion

ISBN : 978-2-0812-1313-5

À propos des sources historiques

Afin de ne pas alourdir la lecture de ce roman, j'ai préféré, la plupart du temps, appeler mon héros : « Sa Majesté ».

Mais, les lecteurs attentifs remarqueront certainement que, vers la fin du récit, j'ai laissé une ou deux fois apparaître son nom : l'Empereur Zheng De. Cette timide révélation n'a pour but que de dévoiler la véritable identité de mon personnage, qui a réellement existé :

Patronyme : Zhu.

Prénom : Houzhou.

Né en 1491.

Monté sur le trône en 1505 (dynastie des Ming).

Nom de règne : Zheng De (Vertu et Honnêteté).

Mort noyé en 1521, sans héritier.

Titre honorifique qu'il reçut après sa mort : Wu Zong, l'Empereur martial.

Il me paraît juste de citer les deux livres qui, plus que tous les autres, ont nourri mon imagination et donné corps à ce roman :

Wu Zong Shilu (Annales de l'Empereur martial), un recueil de cinq mille pages de notes quotidiennes sur tout ce que l'Empereur fit, dit, écrivit, jour après jour, tout au long de son règne, en public ou en privé.

Ming Shi (Histoire des Ming), un ouvrage collectif, rédigé par des historiens, sur l'ordre des Empereurs Shun Zhi, Kang Xi, Yong Zheng et Qian Long, de la dynastie des Qing, dont la rédaction commença en 1645 et s'acheva en 1739, en 332 volumes, dont le seizième est une biographie de l'Empereur Zheng De.

Dans l'histoire de la Chine, Zheng De ne fut sans doute pas le tyran le plus cruel, mais il fut l'un des plus excentriques. Jamais un autre souverain de l'Empire ne voua une telle passion aux animaux : deux ans après son accession au pouvoir, alors qu'il était âgé de seize ans, il fit construire *la Maison des Léopards*, où il passait la plupart de ses nuits à s'amuser avec ses fauves, en compagnie de prostituées, de chanteurs travestis et d'alchimistes. Nombre de fois, il manqua se faire dévorer par les bêtes qu'il dressait lui-même et ne fut sauvé que de justesse. Dans le monde, rien ne l'intéressait tant que la chasse et la pêche. Ce fut d'ailleurs lors d'une partie de pêche que son bateau fit naufrage et qu'il périt noyé.

Certains historiens contemporains apprécient le courage avec lequel il tourna le dos au système. Son exceptionnel anticonformisme lui valut la haine des hauts fonctionnaires ; toute la machine bureaucratique était contre lui. Un exemple : en 1517, pour la première et seule fois de sa vie, il dirigea avec succès une opération militaire, à la frontière du nord, contre l'armée mongole, mais les Académiciens refusèrent d'en écrire l'éloge, et les mandarins ne reconnurent pas cette victoire.

Parmi les ouvrages qui expriment une opinion positive sur cet empereur atypique, on trouve deux livres importants :

Xi Shuo Ming Chao (Parlons de la dynastie des Ming), de Li Dongfang, édité à Taïwan, en 1964.

1587 : le déclin de la dynastie des Ming, de Ray Huang, traduit de l'américain par Paulette Bignon, Presses universitaires de France, en 1985.

Ce dernier est, pour beaucoup de mes compatriotes, un des meilleurs livres sur l'histoire de la Chine, et pour moi, tout simplement le meilleur. Je regrette même que le sujet en soit un autre empereur, Wan Li, un personnage assez banal, souvent indécis, qui ne m'a jamais intéressé. Mais les dix pages – 148 à 157 – consacrées au grand-oncle de Wan Li, l'Empereur Zheng De, sont d'une grande qualité ; un texte vigoureux, riche de renseignements toujours vérifiés, qui présente néanmoins une grande fluidité de narration. Je suis d'autant plus reconnaissant à Ray Huang que plusieurs ouvrages de l'époque des Ming, d'auteurs souvent inconnus, qu'il mentionne dans ses notes foisonnantes, m'ont apporté des informations précieuses sur les mœurs de cette dynastie, sur les vêtements et coiffures de l'Empereur, ainsi que sur le déroulement des audiences impériales et autres cérémonies de la Cour.

Zhuo Zhong Zhi (Histoire secrète de la Cour), de Liu Ruoyu, un eunuque de la dynastie des Ming, né en 1584. 23 volumes.

Yong Dong Xiao Ping (Notes et essais), de Zhu Guozhen, auteur de la dynastie des Ming. 32 volumes, dont le premier décrit les exécutions de prisonniers.

Ji Shi Ji Wen (Des choses du passé), de Chen Hongmuo, auteur de la dynastie des Ming, dont les volumes 95 et 96 sont consacrés à l'Empereur Zheng De.

Ming Hui Dian (Institutions des Ming). 280 volumes.

Bien que l'Empereur Zheng De eût depuis longtemps élu domicile dans mon cerveau – un choix de sa part, une décision unilatérale à laquelle je ne pus résister –, bien que je connusse ses habitudes, sa façon de marcher, de parler, de bouger, de côtoyer les animaux, de fumer de l'opium, ce personnage me restait une énigme. Dans les *Annales des Ming*, on le voyait, à plusieurs reprises, se conférer des titres civils ou militaires, à la façon d'un maître de maison qui se fût proclamé, devant son personnel, jardinier ou valet de chambre.

Ainsi, par exemple, se nomma-t-il *général de l'Armée héroïque*, après quoi, en tant qu'Empereur de Chine, il ordonna à ce général (c'est-à-dire à lui-même) d'aller inspecter la frontière du Nord. Cette décision folle fit s'arracher les cheveux à tous les généraux de l'Armée, qui ne savaient s'ils devaient s'agenouiller devant l'Empereur ou rester debout pour accueillir un nouveau collègue, l'une ou l'autre de ces attitudes pouvant pareillement entraîner leur décapitation.

L'année suivante, il se gratifia du titre de *duc Zheng Guo*, et attribua à ce nouveau personnage une rente annuelle de cinq mille boisseaux de grains. Quelques mois plus tard, il se nomma *Grand Précepteur*, un titre au sommet du mandarinat, qui fit de lui son courtisan le plus important.

Certains historiens mettent ce comportement sur le compte de crises de schizophrénie. Je n'ai jamais partagé cette opinion, car il m'est inconcevable qu'un individu si proche des animaux, une fois frappé de folie, devînt un fanatique du système.

J'aurais voulu poser la question à Ray Huang, le brillant auteur de *1587 : le déclin de la dynastie des Ming*, ou à d'autres spécialistes de cette dynastie, mais je ne les connaissais malheureusement pas.

Rien à faire, pensais-je, sinon oublier ce locataire de mon cerveau, jusqu'au jour où je lus, par hasard, *Notes sur l'Orient – De la mer Rouge à la Chine*, de Tomé Pires, le premier ambassadeur que le roi du Portugal Manuel Ier envoya à la Chine, au début du XVIe siècle.

L'aventure de la découverte de ce dernier livre est aussi étonnante que son contenu : en 1937, soit quatre siècles après sa rédaction, Armando Cortesão, un savant portugais, se présenta à la bibliothèque de l'Assemblée nationale, à Paris, où, après plusieurs mois de requête, il put enfin ouvrir la grande enveloppe qu'on lui remit, qui portait le sceau de son collectionneur, le comte de Fleurieu (1738-1810), et l'emblème de sa famille, un soleil. Ainsi qu'il s'y attendait, Armando Cortesão y trouva une centaine de cartes de navigation maritime, dessinées par Francisco Roïs (Rodrigues), marin portugais du XVIe siècle. Puis les doigts du savant touchèrent autre chose, au fond de l'enveloppe : un manuscrit de soixante pages, à reliure de cuir, rédigé par Tomé Pires entre 1513 et 1515.

Ma rencontre avec ce texte ne fut pas moins miraculeuse, car, en le lisant, je tombai sur cette phrase, qui parlait de Zheng De : « *Je vous confirme la légende selon laquelle l'Empereur a quatre sosies, et je vous jure que personne ne peut les distinguer de lui-même.* »

À l'instant où je compris enfin à qui – c'est-à-dire non point à lui-même, mais à ses sosies – il avait attribué les titres, les fonctions et les rentes, je sus que je tenais là le sujet d'un roman comique, l'Empereur et ses quatre sosies.

(Je me sentis même si reconnaissant envers Tomé Pires que je faillis le prendre pour personnage principal, mais dans l'immédiat, je me suis contenté de faire le pastiche d'une lettre de Son Excellence, au milieu de mon roman, qui ne prétend être ni une fable ni une allégorie morale ou un texte à message, mais simplement le récit d'un destin singulier, que j'adresse comme un cadeau à ceux qui connaissent le plaisir de rire.)

Prologue

« Le jour où mes sosies parviendront à contrefaire ma pensée, demanda un jour l'Empereur à un devin, pourrai-je enfin connaître la paix ?

Le devin :

— Majesté, je ne le crois pas. Ce jour-là, vous deviendrez un sosie de vos sosies. »

I

La journée du 1er février 1521 fut ensoleillée, à Pékin. Dans son palais, Sa Majesté – certains lecteurs doivent connaître son surnom : la Quinte Souveraine – présida l'audience matinale pour la dernière fois.

Voilà un surnom qui mérite des éclaircissements : connu pour sa peur obsessionnelle de la mort, cet empereur apparaissait toujours, en public ou en privé, accompagné par quatre sosies qui, non seulement lui ressemblaient comme des gouttes d'eau, mais avaient atteint une telle perfection dans l'art de synchroniser leurs mouvements, leurs mimiques, leurs paroles que personne ne pouvait dire lequel d'entre eux était le vrai, pas même sa mère, ni l'Impératrice ou les concubines auxquelles il accordait ses faveurs, encore moins ses ministres.

Voyons l'événement qui précéda le lever du jour : un grand cheval au galop, seul dans les rues de Pékin, dont le sol non pavé crissait sous une croûte gelée laissée par les chutes de neige intermittentes de la semaine précédente. Sur la selle, un étendard jaune brodé du nom de l'*Observatoire du Bureau Impérial d'Astronomie* claquait au vent. Le cavalier portait un message urgent, annonçant qu'à trois heures du matin la Pléiade Moyenne avait délaissé ses compagnes, décliné vers la ligne équinoxiale, l'étoile Epsy, avait déserté la Vierge et s'était retirée vers la Balance. Le pire était qu'on avait constaté, dans les mouvements des astres, l'apparition soudaine d'une nouvelle étoile, désignée plus tard par le nom d'*Anno 1521*, de la taille d'une soucoupe de couleur orange.

Les spécialistes étaient catégoriques : ce phénomène n'était point un incident isolé ou éphémère, mais le signe funeste d'un tournant crucial qui allait faire trembler l'Empire, pour ne pas dire le Cosmos.

Notre ombrageux souverain paranoïaque – qu'on veuille bien me pardonner si ce qualificatif ne semble pas conforme à l'harmonieuse vision officielle d'un monarque chinois – se montrait très rigoureux dans l'accomplissement de ses deux principaux devoirs : vénérer le Ciel et respecter les précédents établis par ses ancêtres. Or, en semblable circonstance, l'équilibre de l'univers dépendant de la vie quotidienne de l'empereur régnant, ses prédécesseurs avaient décrété que le Souverain devrait se retirer de la capitale et soumettre non seulement sa conscience, mais aussi ses moindres paroles, gestes, pensées ou actes à un examen complet, jusqu'à la disparition totale de l'étoile néfaste.

Dans l'immédiat, la nouvelle fut gardée secrète.

L'audience du matin ne fut pas annulée. À la pointe de l'aube, les portes du Palais s'ouvrirent, et après les roulements des tambours et les tintements des cloches, des centaines de fonctionnaires du gouvernement, officiers civils aussi bien que militaires, en garnison dans la capitale, se hâtèrent de pénétrer dans la Cité Interdite.

Il ne neigeait plus, mais les branches d'arbres, humides et noires, faisaient espérer la fin de l'hiver, qui gelait tout dans le Palais. Le vent soufflait, une odeur fauve, venue du zoo impérial, flottait dans l'air. L'immense cour pavée, où tout ce beau monde était groupé, face à la Salle des Cérémonies, était glaciale. À travers les épaisses semelles à flancs blancs de leurs bottes noires, les officiels sentaient le froid du dallage les pénétrer jusqu'aux os. Sur ces dalles, ils s'étaient si souvent prosternés, depuis tant d'années, que pratiquement chaque pierre leur était familière.

L'aurore, qui effleurait les toits dorés des bâtiments du Palais, caressait la marée de leurs coiffures noires et laquées, dont les ailettes latérales oscillaient dans l'air. Chacun était habillé selon son rang : une robe rouge pour les officiers supérieurs, une bleue pour les subalternes. Les fonctionnaires civils étaient tournés vers l'occident, les militaires vers l'orient.

L'entrée de l'Empereur et de ses quatre sosies fut spectaculaire : les mêmes vestes noires ornées du même dragon, les mêmes jupes jaunes brodées des mêmes motifs, avec, par-dessus, les mêmes bandes tricotées en forme de tablier, accrochées aux mêmes ceintures de jade, pareillement garnies de deux glands. Cinq paires de bottillons, de la même taille, du même rouge, s'avancèrent au même rythme, avec une lenteur telle que semblait infini le temps qui s'écoulait entre deux de leurs pas.

Leurs coiffures portaient à la perfection l'art du camouflage : les cinq personnages, de même stature, avaient les mêmes toques noires, de forme rectangulaire, où, sur les bords les plus courts, en avant et en arrière, pendaient douze rangs de perles de même grosseur et de même brillance. À vrai dire, ce couvre-chef ne manquait ni d'esprit d'invention ni de soin, qualités premières d'une coiffure de souverain. Le rideau de perles, devant leurs yeux et sur leur nuque, les forçait à une marche lente et majestueuse, tout en renforçant l'impossibilité de voir le moindre trait de leur visage et de les distinguer les uns des autres.

Des claquements de fouets retentirent, suivis d'un cri du Maître des Cérémonies annonçant le début de l'audience. Comme un seul homme, les officiels exécutèrent un demi-tour, s'inclinèrent, se mirent à genoux et se frappèrent le front trois fois sur le sol devant l'Empereur et ses sosies, qui gravirent l'escalier de marbre blanc, nommé *Chemin du dragon*, et prirent place, chacun sur un même trône en bois finement sculpté, au milieu de la Salle des Cérémonies.

Ce fut une audience sans histoire : nulle dépêche venue de province n'informa d'inondation, de famine, d'épidémie, de complot, de rébellion. Les ministres et les chefs des différents départements firent leur rapport. Dans une opaque épaisseur sonore, on annonça les chiffres des impôts payés sur le transport du Grand Canal ou la vente du sel, les dépenses engagées pour la construction de tombeaux et de résidences impériales, les manœuvres militaires, le prix du riz sur les marchés, le nombre des mines d'or et de jade, celui des ennemis tués aux frontières, etc. Sa Majesté ne posait pas de question, ni ne donnait d'instruction orale. Ses sosies faisaient de même. Ils se contentaient de siéger, glacés, engourdis. Cinq ombrageux souverains. Cinq fauves immobiles et ramassés sur eux-mêmes, toujours prêts à bondir en avant, pour saisir une victime à la gorge. Les propos de routine étaient prononcés par le Grand Secrétaire (sorte de Premier Ministre), au nom de Sa Majesté.

Les quatre historiens, placés autour de l'Empereur et de ses sosies pour consigner par écrit le compte rendu de l'audience, ne notèrent rien de significatif. Quant aux censeurs, chargés du protocole, ils se satisfaisaient de relever les noms de ceux qui toussaient, crachaient, trébuchaient ou laissaient tomber leurs tablettes de cérémonie par manque de concentration.

Il était rare d'assister à une audience aussi tranquille, où ne se produisait aucun événement notable, fût-ce un incident mineur, surtout si l'on songeait à l'immensité de l'Empire, dont aucune carte n'avait jamais pu montrer l'étendue du territoire, ni personne jamais pu dire où il commençait et où il finissait, tant ses frontières se dilataient ou rétrécissaient d'un jour à l'autre. Quant au Souverain, en seize ans de règne, il avait habitué ses courtisans à ses crises de nerfs et à son imagination macabre. Avec lui, ils ne savaient jamais quelle surprise les attendait au Palais.

Cependant, cette audience tranquille, peut-être trop pour la circonstance (compte tenu de l'avertissement des astronomes), se termina après l'aube, sans histoire.

Au début de l'après-midi, vers deux heures, cinq chaises à porteurs sortirent en file indienne de la résidence du Souverain, traversèrent le Jardin Impérial et longèrent l'allée principale, bordée de hauts murs peints de pourpre qui divisaient le Palais en deux.

Chaises à porteurs, c'est une façon de parler, car chacune, tirée par trente-deux soldats, était une maison à part entière, avec une chambre à coucher, un salon et deux domestiques. Si elles existaient encore aujourd'hui, elles feraient penser aux cinq wagons du train qui fit son apparition dans le Palais, à la fin de la dynastie des Qing, au milieu du XIXe siècle.

Mêmes ondulations des corps musculeux des soldats. Mêmes ondulations moirées des étoffes qui couvraient ce train de wagons d'avant l'heure, quand le vent agitait leurs plis.

Le cortège s'arrêta à la Porte du Midi, les cinq chaises à porteurs se rangèrent le long du mur, Sa Majesté et ses sosies en sortirent. Ils n'étaient plus vêtus des robes noires ornées d'un dragon, mais portaient des vêtements rouges, que l'on nommait l'Uniforme Martial. Leur toque noire du matin avait cédé la place à un casque en cuir rouge décoré de plusieurs rangées de pierreries étincelantes. Un casque en forme de coquillage, maintenu par une jugulaire, qui se refermait au moindre mouvement brusque afin de protéger leur visage d'un coup assassin.

L'Empereur, dans l'exercice de ses fonctions, devait changer de costume jusqu'à plusieurs fois par jour, mais seul cet uniforme militaire le privait, ainsi que ses sosies, du rideau de perles qui pendait devant ses yeux. C'était l'occasion précieuse de satisfaire ceux qui mouraient d'envie de voir leur visage, un spectacle devant lequel on ne pouvait que céder à l'envoûtement et renoncer à comprendre, tant la ressemblance entre les cinq personnages dépassait l'imagination. Chacun était la copie conforme de l'autre ; cinq modèles sortis d'un seul moule ; la même petitesse des yeux, la même largeur de la bouche, la même minceur des lèvres, le même bombement du front, le même aplatissement du nez, en un mot, toutes les caractéristiques d'un faune attardé, plus l'air hautain d'un monarque.

Chers lecteurs, permettez-moi de souligner la magie de Dame Nature, qui, dans sa splendeur un rien moqueuse, avait réalisé semblable miracle : comme une cerise sur le gâteau, les cinq nez avaient exactement la même forme, ils étaient camus. Seuls les vrais connaisseurs de la morphologie humaine comprendront la difficulté d'une telle création. À en croire Rabelais, médecin français qui vivait à cette même époque, si un enfant a une nourrice à tétines molles, dans lesquelles il peut s'enfoncer comme dans du beurre, il aura plus tard un grand nez. Mais les nourrices à tétines dures font les nez camus. Il avait donc fallu que cinq femmes, certaines vivant peut-être au nord, d'autres au sud de la Chine, fussent dotées de mamelles dont la chair avait la même fermeté, dans lesquelles battaient cinq cœurs qui gonflaient et dégonflaient leurs poitrines au même rythme, pour réaliser ce miracle.

Par ailleurs, on ne sut jamais si ce phénomène était une grâce de la Nature ou le résultat d'une secrète chirurgie esthétique que l'on pratiquait à la Cour depuis des siècles, mais le sommet du miracle – osons la répétition du mot – résidait dans le même nombre de cicatrices laissées sur les cinq visages par la petite vérole, qui faisait des ravages à cette époque, détruisant chaque année des millions de vies enfantines. Sa Majesté et ses sosies, comme tous ceux qui avaient eu la chance de survivre à ce fléau, en avaient gardé les stigmates.

Au-dessus de leurs pommettes commençait une écumoire. Les grains de beauté et les taches de rousseur, qui avaient jadis régné sur cette région de leur figure, étaient éclipsés par de petits trous qui descendaient sur leurs joues, jusqu'aux commissures de leurs lèvres, en vagues et remous, avant de remonter sur les ailes de leur nez (où, précisément, il y en avait huit, un chiffre favorable pour les Chinois), en formation plus serrée que ne le prétend la version officielle, consignée dans les Annales des Ming. Ces huit trous, disposés de la même façon sur leurs cinq appendices nasaux, témoignaient de la ressemblance parfaite entre l'Empereur et ses sosies. Puis l'écumoire se propageait sur leurs mentons, disparaissait dans les plis de leur peau et ressurgissait sur leurs cous. Telle était la carte topographique de leurs visages, ces cinq terrains pareillement accidentés.

Cependant, un détail les empêchait d'atteindre la perfection absolue, mais seuls les eunuques qui s'occupaient de leur vie quotidienne pouvaient entendre cette note désaccordée : la boisson. Même s'ils étaient parvenus à maîtriser leur démarche, leurs gestes, leur regard (certains, dans leur entourage, croyant discerner une nuance dans la flamme qui brûlait dans leurs yeux, les qualifiaient de : passionné par les bêtes féroces, amateur d'automates, voyeur, froussard, suicidaire), leur voix (d'autres tentaient de les différencier par le degré de leur bégaiement), leurs papilles gustatives résistaient au parfait mimétisme. Ainsi les eunuques à leur service les distinguaient-ils, sans toutefois jamais savoir qui était le vrai souverain, par leur breuvage préféré. Et ils les nommaient :

L'Eau de la Quinte.

Le Thé de la Quinte.

Le Vin de la Quinte.

Le Lait de la Quinte.

Le Miel de la Quinte.

Bien entendu, ces cinq boissons étaient toujours servies dans des tasses de porcelaine identiques, plus minces qu'une feuille de papier, sur la blancheur laiteuse desquelles étaient dessinées les mêmes roses, présentant la même transparence de pétales.

Mais revenons à la journée du 1er février 1521, qui, vous vous en souvenez, débuta par l'apparition d'une nouvelle étoile, de couleur orange et de la taille d'une soucoupe.

Au début de l'après-midi, sur l'esplanade de la Porte du Midi, se déroula, comme prévu, une des cérémonies les plus terrifiantes de l'Empire : le « droit à disposer des prisonniers de guerre ».

Parmi ceux-ci – environ deux cents hommes –, il y avait des pirates, capturés dans la mer du Sud, des Tartares, qui avaient envahi le nord-est, des Lolo du Sichuan, des soldats du roi d'Annam, etc. Le long voyage qui les avait amenés des frontières jusqu'à la capitale (certains avaient mis un an) les avait largement assommés ; boueux, brisés, hagards, enchaînés, ils étaient juste couverts d'un morceau de tissu rouge, avec une échancrure pour le cou.

Ils étaient agenouillés face à une tour, dressée au milieu de l'épaisse muraille en brique, au-dessus de la Porte du Midi, de laquelle ils étaient séparés par une vaste douve. De leur point de vue, la tour était si haute qu'elle semblait à moitié disparaître dans les nuages. Il leur était impossible d'apercevoir la Quinte Souveraine, encore moins de distinguer l'Eau du Thé, du Lait, du Vin ou du Miel, qui, parés de leur uniforme militaire, siégeaient parmi les généraux et les ministres. Quand un homme commença à lire les actes d'accusation, ils levèrent la tête et le cherchèrent du regard. En vain.

Debout au sommet de la tour, le Ministre de la Justice était trop haut et trop loin pour que les prisonniers de guerre parvinssent à identifier la plaque qui ornait sa poitrine, brodée de l'image du *Xiezhi*, un animal dont la capacité à flairer le Bien et le Mal à distance était légendaire, qui se montrait gentil avec les vertueux, mais bondissait à la gorge des immoraux, pour les déchiqueter.

À la fin de la lecture des actes d'accusation, le Ministre de la Justice requit pour tous la peine de mort, à appliquer sans retard ni regret.

La réponse de Sa Majesté fut prononcée par le Grand Secrétaire :

« Qu'il en soit ainsi ordonné. »

Deux généraux, à l'armure étincelante et au casque orné de glands rouges, hurlèrent cet ordre d'une voix de stentor.

Leur hurlement fut aussitôt relayé par quatre autres généraux.

Puis huit, seize, trente-deux, soixante-quatre gardes reprirent le cri, jusqu'à ce qu'il devînt un tonnerre retentissant, lancé par tout le bataillon des soldats.

Un tonnerre qui descendit vers la place pavée et explosa, à ras du sol, aux oreilles des prisonniers, avant que son écho ne remontât lentement vers le ciel.

Ce que la plupart ignoraient, c'était une autre décision, a priori plus banale : le Grand Secrétaire avait transmis à la Quinte Souveraine un courrier venu de la frontière birmane, dans lequel le général en chef de la région annonçait qu'après une bataille sanglante l'armée impériale chinoise avait pris la ville de Bamo. Comme trophées, il avait capturé quatre animaux exotiques :

Un couple de rhinocéros,
un éléphant,
une créature muette, d'origine africaine, qu'un marchand d'Ormuz avait vendue, avec une girafe, au cirque du roi birman. Elle était noire, de la tête aux pieds, à l'exception du blanc des yeux. Une espèce jamais répertoriée dans notre Empire.

Rien d'étonnant, pour l'Empereur, de recevoir un tel tribut, car depuis longtemps il avait fait construire un zoo dans le Palais, et à en croire les rumeurs, il y passait des nuits entières à s'amuser avec des fauves.

Au nom de Sa Majesté, le Grand Secrétaire répondit par écrit que les quatre animaux devaient être transportés sur l'heure au Palais Impérial de Yangzhou, une grande ville au bord du Grand Canal, à mi-chemin entre Pékin et la frontière birmane.

Cette décision ne fut répétée ni par les généraux, ni par les gardes, ni par les soldats, mais plus tard, elle s'avéra mille fois plus déterminante que les autres pour l'Empire. Selon certains historiens, la créature noire n'était autre que la forme terrestre de ce que les astronomes avaient repéré : l'étoile néfaste apparue le matin même.

II

Dans la seconde moitié du seizième siècle, l'arrivée à Rome d'un rhinocéros, offert au Pape par le Roi des Indes, fut un moment historique. La ville s'était vidée de ses habitants, les rues étaient désertes. Le long du Tibre, les deux rives fourmillaient de spectateurs venus à pied, en carriole, entassés dans des voitures omnibus… Pour la première fois, les Romains voyaient de leurs yeux un rhinocéros, massif, d'un gris violâtre ; avec sa peau nue, épaisse, rugueuse, aux plis profonds, on eût dit un antique animal guerrier, caparaçonné d'une armure taillée dans le roc. Il mesurait deux mètres, son poids, au moins trois tonnes, ralentissait la progression du bateau qui le transportait et que suivait une flotte de galères. Les mouettes, qui tournaient comme des mouches autour du défilé, passaient entre les voiles, se perchaient sur les mâts, pour mieux voir ce cortège aux allures de procession funèbre, car le rhinocéros était mort, victime d'un voyage trop long et trop dur. Son empaillage avait été réalisé à la hâte. Un héron, qui avait atterri sur son dos pour le débarrasser de ses parasites, avait même pris peur, en voyant de la paille s'échapper de son corps. Le mammifère se tenait à la proue, une patte avant soulevée dans une pose théâtrale, comme saisi en pleine marche. Ses longues oreilles étaient couchées en arrière, sa tête légèrement baissée pour mieux présenter ce qui, chez lui, était le plus caractéristique et resterait dans la mémoire des spectateurs : sa corne nasale. Entre ses yeux saillants mais ternes jaillissait, en plein milieu de son nez, une corne pointue, qui brillait sous les rayons du soleil comme une lame de poignard damasquinée d'or. Une corne sans doute moins longue que celle de la licorne du bestiaire chrétien, symbole de pureté, qu'aucun chasseur ne pouvait approcher et que seules les vierges accueillaient en leur sein.

À la même époque, le rhinocéros était déjà entré dans la vie quotidienne chinoise, et l'on pouvait en trouver dans les marchés où, au fil du temps, sa corne nasale – quelle matière mystérieuse : ce n'était même pas de la corne, mais, pour reprendre les termes des spécialistes, un amas de tubes et de fibres noyés dans une gangue fortement cornée –, avait acquis une grande célébrité. Ses vertus prétendument aphrodisiaques lui avaient permis de siéger, dans la pharmacopée du pays, à une hauteur sublime, sur un trône isolé. Selon son origine, Inde, Birmanie, Sumatra, Ceylan…, le nombre de cornes, chez un rhinocéros, variait de une à trois.

Dès la dynastie des Song, le rhinocéros avait fait son entrée dans l'attirail iconographique impérial, et chacun ne parlait plus, à cette époque, que de l'affaire qui révolutionnait la Cour : le triomphe du rhinocéros, sur l'écusson qui caractérisait le groupe dominant des ministres et des gouverneurs de grandes provinces, *le carré des mandarins de deuxième rang*, où l'élégant couple de grues volant au-dessus des nuages qui y était jadis brodé avait cédé sa place à un rhinocéros.

À la dynastie suivante, à l'époque de notre histoire, la diffusion de la figure de cet animal s'était encore amplifiée, et désormais tous les bureaucrates (du premier au quatrième rang, ils portaient des uniformes rouges ; du cinquième au neuvième, des bleus) avaient le droit de porter une ceinture de cérémonie incrustée de corne de rhinocéros, de jade, d'écaille de tortue, d'ambre, d'or et d'argent. Par exemple, dans le fameux roman érotique *Jin Ping Mei*, écrit à la même période, lorsque Ximen Qin, le personnage principal, est nommé mandarin de cinquième rang et élevé à la qualité de vice-commandant de la garde à l'emblème de l'Oiseau d'Or (c'est-à-dire que son écusson de poitrine est brodé d'un couple de cailles qui picotent dans l'herbe), il s'achète une ceinture incrustée de corne de rhinocéros, sur laquelle son ami ne tarit pas d'éloges : « *Il serait impossible d'en trouver une pareille, avec tout l'argent du monde, en parcourant toute la capitale. Je ne veux pas te flatter, mais la ceinture de jade portée par Son Excellence le Maître de la Capitale orientale n'est rien, comparée à cette merveille. C'est du rhinocéros aquatique, non pas du terrestre, qui a moins de valeur. L'aquatique est aussi appelé "céleste". Prends un bol : l'eau s'y écarte, si tu y plonges la corne. Un trésor sans prix, je te le dis. Si tu l'enflammais, elle éclairerait à mille lieues et brûlerait toute la nuit.* » Sur ce, il veut savoir combien Ximen Qin l'a payée. Celui-ci finit par avouer qu'il l'a achetée au commissaire impérial Wang, et qu'elle lui a coûté cent taels.

Notre Quinte Souveraine avait même reçu en cadeau du Roi de Java un rhinocéros immense – sa taille était plusieurs fois supérieure à celle des autres espèces –, appelé laineux en raison de sa toison abondante. Chacun à son tour, Sa Majesté et ses quatre sosies avaient caressé ses longs poils blancs, comme témoins d'un miracle, et les avaient fouillés jusqu'à toucher les replis profonds que la peau de l'animal formait en travers de ses épaules et de ses cuisses. Cette peau avait fourni cinq caparaçons de cheval, avec les mêmes muserolles, les mêmes bardes de crinière et de poitrail, les mêmes tonnelles et les mêmes garde-queues. Ils étaient si beaux que Sa Majesté avait décidé de les emmener au sud et de leur attribuer une place de choix dans le vaisseau impérial.

Les courtisans, habitués à voir des rhinocéros dans le zoo du Palais, ne pouvaient s'empêcher de s'interroger : puisque Sa Majesté connaissait ces corps massifs, guère moins gros que ceux des buffles sauvages, jusque dans leurs moindres détails, depuis leurs pieds d'éléphant jusqu'à leur tête de sanglier, qu'ils portaient toujours inclinée vers la terre, en passant par la fameuse corne qui s'élevait au milieu de leur face, et que, mieux encore, il savait que cette corne ne servait à rien dans un combat, pour avoir assisté à des spectacles au cours desquels les rhinocéros (enivrés d'un mélange de vin, de poivre et d'encens pour les rendre plus féroces) piétinaient leur proie, l'écrasaient sous leurs genoux et faisaient courir leur langue épineuse sur ses plaies, comme les serpents enduisent leurs victimes de bave ou de suc gastrique, tous se posaient la même question : pourquoi voulait-il encore en avoir un, dans sa tournée « pénitentielle » au sud, à Yangzhou ?

Un lointain après-midi d'été. Sur le seuil d'un pavillon, un enfant de trois ou quatre ans regarde la pluie battre les tuiles vernissées du toit de l'enceinte, qui brillent de tout leur or. Des lacs se forment dans la cour, des cascades sur les escaliers. Soudain, l'averse passe. L'enfant sort du pavillon, descend les marches, traverse la cour, franchit une porte, lorsque deux masses géantes surgissent de la brume. Leur peau rugueuse scintille. Dans la grâce pure de la lumière, ils s'arrêtent, balancent leur lourde tête et font tomber des gouttes d'eau de leurs grandes oreilles, tout en se frappant sans bruit les épaules de leur trompe, avant de disparaître dans la blancheur de l'atmosphère.

(Ce jour-là, on lui apprit à prononcer le mot « éléphant », et peu à peu, il prit connaissance de ces animaux qui, à cette époque, étaient placés comme des gardes devant la porte du Palais, chaque matin, avant l'ouverture de l'audience impériale.)

Trente ans plus tard, alors que Sa Majesté contemplait la liste des tributs qu'on lui envoyait de la frontière birmane, sur laquelle cet animal figurait en deuxième place, il se sentit enveloppé par cette même odeur d'éléphant après la pluie.

Elle ressemblait à une autre odeur matinale, celle qui émanait des neuf mèches d'une lampe à peine éteinte, dans la chambre de sa mère. Une odeur faite d'un mélange de terre, de graisse, du bronze dans lequel la lampe était fondue, et qui représentait un jeune homme, debout sur un socle carré, vêtu d'une robe de mandarin à larges manches, tenant dans sa main droite une tige verticale surmontée d'une coupelle à trois mèches imbibées d'huile. Sa main gauche portait une autre tige, longue, sinueuse, qui, par une bifurcation adroite, se transformait en deux serpents, l'un dressé vers le haut, la tête surmontée d'une deuxième coupelle à trois mèches, l'autre lové dans un enroulement qui en formait une troisième. Quand la lampe s'allumait, les yeux du jeune homme – qui étaient de pierre bleu sombre – se cristallisaient sous la lumière, et sa tête – le front ceint d'un diadème de perles – brillait dans la constellation des neuf flammes réparties sur trois niveaux ; sa longue robe, rehaussée de fils d'or, flamboyait de toutes les couleurs de l'arc-en-ciel. Longtemps après l'extinction des feux, la chambre maternelle restait baignée d'une odeur très proche de celle de l'éléphant après la pluie.

Sans doute ces deux odeurs ne se seraient-elles jamais associées si elles n'avaient appartenu, l'une et l'autre, au petit matin : la lampe s'éteignait souvent au moment où l'enfant entendait, dans les profondeurs de la cour, les grelots des éléphants disséminés dans l'étendue du Palais et qu'il imaginait ces géants disciplinés, l'oreille en éventail, l'œil clos, la trompe balançant entre les défenses, se diriger lentement vers la Porte du Midi pour remplir leurs fonctions de gardes.

Une autre odeur, semblable à celle de l'éléphant après la pluie, provenait de la pipe d'opium de sa mère. Non point cette odeur de caramel, qui montait lorsque la servante chargée de lui préparer sa drogue se penchait vers la flamme d'une lampe pour chauffer la boulette. Non plus celle de la fumée – dont la couleur blanche virait souvent au gris bleuté – qui se dégageait du fourneau de la pipe, dans lequel la petite boule se mettait à frémir. Mais dès que sa mère, gagnée par l'ivresse, cessait d'inhaler, le minuscule orifice du fourneau était aussitôt bouché par les résidus d'opium. Elle posait alors la pipe sur une boîte. Quand elle avait refroidi, la servante prenait un grattoir en argent, à manche plat couvert de dragons finement gravés, elle en introduisait la lame recourbée dans l'étroit orifice du fourneau et en dégageait des scories noirâtres, encore chaudes, qu'elle faisait tomber dans la boîte. Pendant que la pipe refroidissait – elle en avait trois préférées : une en écaille de tortue ; une en ivoire ; une en laque incrustée d'argent à fourneau de jade –, elle exhalait une odeur qu'on eût prise pour celle d'un éléphant après la pluie.

(Vers l'âge de cinq ans, Sa Majesté était tombée sous l'emprise de ces émanations tièdes et douceâtres. Elle était à présent tellement droguée que dans ses veines, à en croire ses médecins, coulait un sang couleur d'opium, de même que ses sucs digestifs étaient opiacés, car, à la différence de son initiatrice de mère, ce que Sa Majesté aimait à consommer, ce n'était pas l'opium pur, d'excellente qualité, mais les scories qu'on raclait dans le fourneau des pipes, un poison plus fort, plus concentré, plus toxique.)

La nuit, le Palais offre souvent un étrange spectacle sonore : le bruit lent et régulier d'un pilon dans un mortier. À première vue, on dirait une scène de magie noire, pratiquée par une femme solitaire, confinée dans la triste atmosphère de sa chambre. Sur une fenêtre, la lueur vacillante d'une bougie dessine une silhouette de jeune fille. Elle ouvre un pot en terre cuite où un lézard, nourri pendant des mois de fine poudre de cinabre, est devenu rouge vif, et l'émeraude de son dos, rubis. Malgré cette transformation radicale, le lézard a gardé sa nature sensible, presque susceptible. Le moindre bruit le panique, ses yeux teintés de carmin cherchent la fuite, ses doigts rouges, élargis, essaient d'agripper les parois du bocal. La main de la fille tâtonne dans son haut chignon, y trouve une longue épingle à cheveux (la seule parure d'une Femme du Palais, très pauvre en comparaison des concubines favorites de l'Empereur), dont elle plante la pointe dans la longue queue du reptile. Saisi d'un frisson, il s'agite en tous sens, et ses pattes courtes et grêles ne cessent de se débattre. La fille le jette dans un mortier, et les coups de pilon qui pleuvent sur lui le réduisent en une purée de couleur rouge qu'elle récolte à la pointe d'un pinceau pour en enduire la peau fine, douce et moite de sa cuisse.

Cette trace rouge, qui atteste de sa virginité, n'est effacée que si l'Empereur la déflore.

Dans l'enceinte de la Cité Interdite, où tant de femmes (l'Impératrice, les épouses secondaires, les dizaines de concubines et les centaines, voire les milliers de Femmes du Palais) se disputent les faveurs du seul mâle, la chance de voir disparaître cette marque rouge sur sa cuisse est nulle, ou presque. Seul l'Empereur Jaune – le Souverain mythique de la Chine préhistorique –, initié à l'art de la Chambre à Coucher par la Fille de Candeur, a obtenu la longévité et est monté au Ciel, dans la Demeure des Immortels, pour avoir commercé avec douze cents femmes.

La mère de Sa Majesté avait elle-même été une Femme du Palais, expression synonyme de servante, et elle avait servi l'Impératrice douairière.

Issue d'une famille modeste de sept enfants, qui vivait dans la banlieue de Pékin, elle avait été désignée par les anciens de sa bourgade pour participer à des sélections organisées par les autorités locales. Bien que dépourvue de beauté troublante, la pureté des traits de son visage lui avait permis de passer une série d'épreuves éliminatoires, au cours desquelles les candidates étaient notées par des juges qui examinaient toutes les parties de leur corps, des pieds jusqu'aux cheveux, afin de vérifier qu'ils étaient en proportion harmonieuse. Puis, comme on exprime en carats la proportion d'or pur contenu dans un alliage, selon une échelle à vingt-quatre degrés, ainsi évaluaient-ils les candidates. Lors de la sélection, la mère de Sa Majesté avait obtenu la note de vingt et un carats.

À l'âge de douze ans, elle était arrivée devant la porte du Palais. Après avoir dit adieu à ses parents, sans verser de larmes, elle était montée dans un palanquin, qui, porté par quatre femmes, avait franchi le seuil et disparu pour toujours derrière l'enceinte majestueuse, à la profondeur insondable. À compter de cet instant, elle avait fait partie des Femmes du Palais, dont le nombre atteignait, cette année-là, trois mille âmes. Le nombre de leurs cercueils dans le bilan de cette même année était de deux cent cinquante.

Seules les vierges estimées à vingt-quatre carats ayant le privilège d'être présentées à l'Empereur, la mère de Sa Majesté avait été affectée au Pavillon de l'Impératrice douairière, où elle était destinée à passer ses plus belles années comme servante. Une fois sa jeunesse envolée, elle aurait le choix entre épouser un vieil eunuque ou se retirer dans l'angle nord-ouest du Palais, où on lui enseignerait la cuisine, la confection des gants et autres nobles ouvrages. Ses parents ne la reverraient plus, car en cas de décès, elle serait enterrée dans une tombe anonyme, afin de préserver le secret de la vie privée de la famille impériale.

Au cours de ses deux premières années de service, elle avait su gagner la sympathie de sa maîtresse, l'Impératrice douairière, qui était brusquement tombée malade, sans que ses médecins, pas plus qu'elle-même, pussent dire quel mal la frappait. Un jour que son fils, l'Empereur régnant, s'était rendu à son chevet, il avait été pris d'une envie d'uriner, et la malade avait ordonné à sa jeune servante de l'accompagner, avec une bassine d'eau chaude et une serviette. Des années plus tard, elle avait raconté cette scène à son fils :

« En urinant, ton père a souillé sa robe. J'ai voulu la lui laver, mais il a dit : "Laisse, cela me fera un souvenir." Et pour s'amuser, il m'a éclaboussé le visage. "Il pleut, a-t-il dit, des gouttes tombent du ciel." Quand on est sorti du cabinet de toilette, j'avais une marque rouge à l'endroit où il m'avait mordu le cou. »

L'imagination de l'enfant s'était envolée : un abondant jet d'urine paternelle parcourait, en sifflant, une magnifique trajectoire, et dessinait dans l'air une traînée blanche que la bouche maternelle recevait, absorbait, avalait, dans une douce extase. Ce jet fécondant ensemençait le ventre de sa mère, et il était ainsi engendré.

En quelques jours, l'aventure du cabinet de toilette avait pris une tournure officielle. Toutes les formalités avaient été respectées : la servante de l'Impératrice douairière avait été convoquée au bureau du Grand Intendant du Palais. Durant trois nuits, elle avait été obligée de partager le lit de femmes plus âgées, mi-sorcières, mi-entremetteuses. Avec une vigilance sans relâche, elles avaient tout observé, tout écouté, tout entendu et tout noté : si elle avait mauvaise haleine, si elle pétait dans son sommeil, si elle ronflait ou si elle était saine en toutes choses. Le quatrième soir, les vieilles l'avaient récurée, avec un savon rugueux, truffé de débris de glands de chêne, puis avec un autre, hérissé de miettes de graines de févier ; elles l'avaient parfumée avec un mélange de musc, d'huile de coco et d'essence de lavande, à quoi elles avaient ajouté un peu d'huile d'aspic. Elles lui avaient oint les lèvres de pommade rosat, avaient coloré ses joues de larges taches rouges, au-dessous des yeux, avaient rehaussé ses sourcils de traits charbonneux, et peint des mouches rouges et noires sur son menton et ses joues. Pour finir, elles lui en avaient dessiné une dernière, en forme de croissant de lune, avec un onguent jaune, entre les sourcils. Après quoi, un eunuque l'avait déshabillée, mesure qui visait à garantir l'Empereur de toute tentative d'attentat, et il l'avait enroulée dans une couverture, entièrement nue, à l'exception de ses chaussettes et de ses chaussures, les pieds bandés, la partie la plus intime du corps d'une femme, ne devant jamais être montrés à un homme, pas même à l'Empereur.

La portant sur son dos, l'eunuque avait traversé des cours, longé des allées et des couloirs jusqu'à la chambre du Souverain, où il l'avait déposée sur le lit.

Comme tous les autres événements de l'Empire, cette copulation impériale avait été enregistrée dans l'Agenda Officiel, avec la date, l'heure, les conditions météorologiques, le cours et la position des astres et des signes astrologiques.

Le lendemain, la fameuse tache rouge sur sa cuisse avait disparu. En revanche, on lui avait imprimé sur le bras – aucune Femme du Palais ne pouvait prétendre avoir joui des faveurs impériales sans montrer cette marque – une devise qui faisait allusion à l'acte sexuel : « La pluie et le brouillard sont éternellement nouveaux », au moyen d'un sceau frotté d'un onguent à la cannelle, aux vertus indélébiles.

Quelques siècles plus tôt avait vécu un roi qui ne parvenait pas à désigner son successeur parmi tous ses fils, dont certains étaient déjà trentenaires, d'autres des enfants, et le dernier un nourrisson. Son choix était d'autant plus compliqué que chacun avait une mère différente, soit autant d'intrigantes qui se livraient des guerres féroces. Le roi hésitait, consultait des devins, retardait sa décision… jusqu'au jour où, en promenade avec ses fils au bord d'un lac, ils avaient croisé deux éléphants, qui rentraient tranquillement vers leur résidence, après leur service de garde aux portes du Palais. Par hasard, ils avaient inspiré une idée au roi.

« Vous avez ma parole, mes enfants, celui d'entre vous qui pourra répondre à ma question sera mon successeur : comment peser un éléphant ? »

Leurs mères respectives les avaient préparés à répondre à des questions dans tous les domaines, mais pas à celle-ci, car il n'existait pas de balance capable de prendre la mesure d'un tel poids.

Un seul fils, âgé de neuf ans, proposa une réponse :

« Je ferai monter l'animal sur un bateau, puis, avec un pinceau et de l'encre, je tracerai une ligne pour marquer le niveau de l'eau sur la coque. Je ferai descendre l'éléphant, et ferai charger le bateau de sable, jusqu'à ce que l'eau atteigne à nouveau la ligne. Le poids du sable sera égal au poids de l'éléphant. »

Des centaines d'années avaient passé, mais dans son enfance, Sa Majesté était obsédée par cette histoire que lui avait contée sa mère. La scène venait régulièrement hanter ses rêves, avec une persistance anormale ; seuls quelques détails de décor changeaient. La scène pouvait se passer en plein banquet, ou pendant la nuit du Nouvel An, quand les salles de réception de tous les appartements privés étaient illuminées par des lanternes ; ou encore, au cœur de l'hiver, au milieu d'un lac gelé où il était tiré sur un traîneau par deux jeunes eunuques chaussés de patins improvisés, une barre de fer sous chaque pied. C'était dans ce rêve que, pour la première fois, il avait vu une barque à la proue surélevée, tirée par un éléphant, glisser sur la glace avec plus de facilité que l'immense chaise à porteurs de son père. Debout à la proue, en robe à manches ajustées, l'épée au flanc, son souverain géniteur avait posé son éternelle question à la horde de ses fils qui se tenaient dans la barque faite de morceaux de bois reliés par des crins de renne. « Qui peut me dire comment on pèse un éléphant ? » Une fois encore, comme dans chacun de ses précédents rêves, Sa Majesté future avait eu un trou de mémoire, et, incapable de répondre, il s'était réveillé en sursaut, le corps trempé de sueur, le cœur rongé à la fois par l'envie de se jeter au cou de l'éléphant pour pleurer et par celle de le tuer, de le voir s'effondrer, son sang giclant sous ses coups de hache.

Laissez-moi vous expliquer l'origine de ces cauchemars à répétition. Si le jeune fils du roi, peseur de l'éléphant, arrachait par sa réponse son droit de succession, notre petit garçon, fils d'Empereur, le possédait déjà, en vertu de son droit d'aînesse, car, son père n'ayant engendré que des filles avant lui, il était officiellement reconnu, depuis sa naissance, comme le « Premier Fils de l'État », ce qui était une promesse d'accession au trône. Ce droit d'aînesse comptait, et dans une famille impériale plus qu'en aucune autre. Son calvaire avait commencé quand il avait sept ans, non du fait que son père avait eu neuf autres enfants cette année-là, mais parce qu'il était tombé amoureux d'une fille de quatorze ans, Dame Wang, promue au rang de favorite. Elle avait non seulement accompli la prouesse de monopoliser le lit impérial, mais avait également réalisé son rêve l'année suivante : accoucher d'un enfant mâle, qui menaçait les prérogatives du « Premier Fils ».

(Toutefois, le monarque amoureux avait commis une erreur fatale : quand, hiérarchiquement, la mère du fils cadet était d'un rang supérieur à celle du fils aîné, l'équilibre de l'Empire en était ébranlé. Or, Dame Wang, la mère du cadet, qui passait ses jours et ses nuits auprès du Souverain, avait fini par être promue au rang d'Épouse Secondaire.)

En conséquence de quoi, les leçons de notre protagoniste avaient été interrompues, sous prétexte de la mauvaise santé de ses précepteurs.

L'éducation d'un prince héritier, fondement de l'Empire, était plus sérieuse que celle de ses frères, qui seraient plus tard installés dans de somptueux palais, en province, avec des revenus considérables offerts par l'État, mais n'auraient nul droit de se mêler de politique. À compter de sa septième année, le futur maître de la Chine s'était ainsi présenté, chaque matin, dans le bâtiment de la Civilisation, où cinq professeurs, parmi les plus grands érudits du pays, lui avaient enseigné les classiques confucéens et l'Histoire, et deux autres maîtres, la calligraphie. Pour qu'il ne fût pas accablé par la solitude, il était accompagné, pendant les heures de classe, d'un jeune académicien de sa suite.

L'arrêt brutal de ses cours avait provoqué un traumatisme chez cet enfant. S'il était moyen, pour ne pas dire médiocre, en matière d'enseignement de Confucius et d'Histoire, il se montrait doué pour la calligraphie. Si jeune encore, il avait même invité des chefs eunuques et des ministres dans le bâtiment de la Civilisation pour leur faire une démonstration de maniement du pinceau. Et quelle démonstration ! Il avait exécuté un caractère de trente centimètres de haut qui avait suscité surprise générale, admiration et applaudissements. Une feuille calligraphiée de sa jeune main constituait déjà un cadeau précieux à offrir.

Il s'était préparé à la cérémonie d'imposition du bonnet viril – moment de l'enfance qui marquait le passage à l'âge adulte –, qui devait avoir lieu le jour de son huitième anniversaire. Durant la cérémonie, devant l'assemblée des mandarins qui lui présenteraient leurs félicitations, il devrait, trois fois de suite, sortir de derrière un paravent installé au centre de la cour, vêtu de trois habits et coiffures différents. Lors des répétitions, il avait appris par cœur tout le programme du rite, avait maintes fois étudié et effectué le moindre geste, la façon de s'agenouiller devant son père et sa mère, de se relever sans marcher sur sa robe, de porter un sceptre de jade, de tenir et de boire une coupe d'alcool, de saluer, de remercier, etc.

Un jour du début de l'hiver 1499, un orchestre d'eunuques musiciens avait été réuni devant le paravent installé dans la cour, pour une répétition générale, lorsqu'un eunuque était arrivé avec un papier jaune signé par l'Empereur. En écoutant la lecture du message, l'enfant, agenouillé sur le dallage, avait failli perdre connaissance : l'ordre paternel renvoyait à une date ultérieure, qui n'était pas fixée, la cérémonie d'imposition de son bonnet viril.

Par bonheur, l'Impératrice douairière, protectrice de son ancienne servante, était intervenue auprès de son fils lorsqu'elle avait appris son intention de priver son petit-fils aîné de son droit de succession.

Voici un extrait de leur conversation :

L'Impératrice douairière : « Tu t'es mis dans une situation qu'aucun de tes prédécesseurs n'avait encore connue. Qu'en penseront les ministres ? Que vas-tu leur dire ? »

L'Empereur : « Je leur dirai que cet enfant est le fruit d'un accident survenu dans un cabinet de toilette. »

L'Impératrice douairière : « Quelle insulte pour ta mère à qui ce cabinet appartient ! »

De plus en plus anxieux, le fils aîné avait constaté que, depuis, on ne cessait de lui adresser des messages, des signes, souvent humiliants, parfois moqueurs. L'Impératrice douairière, après des mois de fièvres intermittentes qui l'avaient réduite à l'état de squelette, avait fini par expirer. Le spectacle avait été inouï : un deuil national de vingt-trois jours, accompagné d'une abstinence collective de viande et d'alcool, avait été décrété. Les cloches de tous les temples avaient sonné trente mille coups. L'enfant avait imaginé que les dix mille premiers, funèbres, étaient sonnés en l'honneur de la défunte, les dix mille suivants, sinistres, par pitié pour sa mère, et les dix mille derniers par mépris pour lui, des glas noirs, lugubres, dont les notes, une à une, étaient tombées sur lui comme autant de rires moqueurs. Le sommet de toute cette comédie avait été la cérémonie des « quinze lamentations et gémissements ». L'enfant avait été stupéfait par la foule des nobles, mandarins, généraux, chacun accompagné par son épouse officielle, qui affluaient, deux fois par jour, vers le Pavillon où était exposé le cercueil de sa grand-mère. Tous, d'ordinaire magnifiquement habillés, parés d'or et de jade, s'étaient déguisés, trois jours de suite, en mendiants dépenaillés : au lieu de leurs bottes confortables, ils étaient chaussés de sandales à semelle de paille, tenues par de simples cordes, que le plus novice des eunuques se serait indigné de devoir délier ; ils portaient des coiffures blanches, et, à la place des deux ailettes de leur couvre-chef habituel, symboles de pouvoir et de prestige, c'étaient deux loques de pauvre ruban qui leur tombaient sur les épaules. Leurs robes en soie et en satin, brodées de l'écusson des mandarins, avaient été remplacées par des lambeaux de lin écru, informes, sans ourlet. Groupés dans la cour, face au Pavillon, ils s'étaient agenouillés sur le dallage, et quand le Maître des Cérémonies avait crié : « Première lamentation », un tonnerre de sanglots avait éclaté au ras du sol. Tout le monde pleurait, parfois de sincère tristesse, et certains même, en pleine crise d'hystérie, s'arrachaient les cheveux, au bord de l'évanouissement. Puis, à peine le Maître des Cérémonies avait-il prononcé les mots : « Interruption des pleurs » que cette tempête de sanglots s'était arrêtée net, sans plus un gémissement, pas même une plainte flûtée ou un soupir. Comme un seul homme, ils avaient fait un silence total, avec une parfaite discipline de comédiens. « Deuxième lamentation », avait de nouveau crié le chef des chœurs, et la tragédie était repartie jusqu'à nouvel ordre, quinze fois de suite, comme l'indiquait le nom de la cérémonie. « Ils veulent me faire perdre la tête, s'était dit l'enfant, qui avait du mal à contenir un fou rire. Ils n'attendent tous que cela, que je sois déclaré fou ! »

Il y avait en effet de quoi devenir fou, sans compter la force dévastatrice de sa consommation abusive de résidu d'opium, ce condensé noir dont une petite dose eût suffi à détraquer un taureau.

L'hiver était arrivé, à Pékin. La surface des trois lacs du Palais – la Mer du Nord, la Mer du Milieu, la Mer du Sud – était figée, le verglas s'y était formé comme un réseau glacé de toiles d'araignée. Il avait gelé, il avait neigé, puis il avait plu, la neige avait fondu sous la pluie pour geler à nouveau, et tout avait disparu sous une infinie blancheur. Comme dans les cauchemars de son fils aîné, le père souverain était venu s'y divertir, avec sa horde d'enfants. Il les avait fait monter chacun sur un traîneau, sorte d'imitation maladroite de la barque qui lui était tant de fois apparue en rêve. Chaque traîneau était tiré par quatre jeunes eunuques chaussés de patins, dont les lames de fer faisaient des étincelles sur la glace. Leurs doigts étaient raides et violacés, leurs cheveux, hérissés de givre. Notre protagoniste avait observé son géniteur, un petit sourire au coin des lèvres, car il connaissait la réponse à la question qu'il ne manquerait pas de leur poser. Finalement, un éléphant était apparu.

Le père n'avait pas demandé comment le peser.

À pas lents, l'animal s'était dirigé vers le traîneau où le fils cadet, un bébé lové dans les bras d'une nourrice, se tenait à côté de sa mère, Dame Wang. Balançant sa lourde tête, les oreilles en éventail, les yeux mi-clos, il avait cheminé vers le nourrisson.

Personne n'avait bougé, on n'entendait que le tintement des grelots sur le cou de l'éléphant.

« Vas-y, avait prié silencieusement le fils aîné. Prends le bébé avec ta trompe et jette-le au loin. »

Mais le pachyderme s'était arrêté devant le traîneau, et, comme dans un numéro de cirque maintes fois répété (la scène avait bel et bien été répétée, avec un lange du bébé, qu'un dompteur avait mille fois brandi devant l'animal affamé), il avait plié ses pattes avant, pour s'agenouiller devant le nouveau-né comme devant un être sacré.

Le fils aîné avait secoué la tête en tous sens, pour interrompre ce cauchemar et se réveiller, mais en vain.

Le père, qui avait lui-même conçu ce numéro, s'était précipité vers le bébé, il l'avait pris dans ses bras et, criant de joie, il l'avait soulevé en l'air, cependant que tous les eunuques, tireurs des traîneaux, s'étaient prosternés devant lui, sur la glace.

Le soir de cette excursion, le fils aîné avait été la proie d'une irritation fiévreuse, et d'horribles maux de tête. Le lendemain, il avait tâté sa peau brûlante, sous ses vêtements, et avait compris que les papules qu'il sentait sous ses doigts ne devaient rien à de simples piqûres d'insectes. Il était victime d'une soudaine éruption de boutons, gros comme des grains de millet, qui montaient, telle une armée de fourmis, de ses jambes à ses reins, et glissaient en zigzags dans son dos. Ces boursouflures exubérantes, qu'il enflammait en se grattant, et qui grossissaient, jusqu'à atteindre la taille d'une lentille, envahissaient son visage, montaient à son front, lui dévoraient les yeux et emplissaient sa bouche, à l'en étouffer.

Le diagnostic des médecins du palais avait été formel : c'était la variole, cette maladie aussi appelée petite vérole, qui était considérée, à cette époque, comme le plus grand fléau des pays d'Asie, mais touchait principalement la Chine, où elle frappait avec une extraordinaire ampleur, et à laquelle un enfant sur trois succombait. La désinfection complète de son appartement avait aussitôt été ordonnée, de la chaux y avait été répandue, de sorte que le sol, autour de son lit, dans toute la chambre et dans tous les couloirs, était couvert d'une couche de poudre blanche, assez fine mais très grasse, sur laquelle il contemplait les traces dessinées par les pas de sa mère. On lui avait fait avaler toutes sortes de remèdes, des champignons violets du Tibet, des vers de canne à sucre, des racines d'angélique. Tous avaient échoué, il était agonisant. Son visage, couleur de cendre, noircissait, ses lèvres étaient glaciales. Sa mère, désespérée, avait fini par lui mettre la tête au-dessus d'un réchaud en bronze, où brûlaient du baume, du bois d'aloès et du benjoin, ce qui, normalement, était exclusivement réservé au culte des ancêtres.

L'enfant, qui n'était plus capable de sentir cette odeur extraordinaire, avait entendu, à travers la fumée qui le baignait dans un nuage bleu, la voix de sa mère accuser Dame Wang, la mère de son rival, d'avoir recouru à la sorcellerie. En sanglotant, elle prétendait que cette dernière avait secrètement fait fabriquer une effigie du prince héritier, le fils aîné de l'Empereur, qui était poignardée, sur son ordre, tous les sept jours, avec une épingle neuve, par un sorcier. De telles pratiques, à en croire la tradition, provoquaient chez la victime une maladie qu'aucun médecin au monde ne pouvait guérir.

« C'est quoi, une effigie ? avait demandé l'enfant agonisant.

— Une marionnette. »

Voilà l'explication de mes souffrances, avait-il pensé. Des marionnettes, j'en ai plusieurs, dans une armoire. Ou plutôt, ce sont des masques, minces comme des coquilles d'œuf, avec, à la place des yeux, deux trous inquiétants, aux orbites aussi roses que le nez et la bouche.

Leur fabrication a été très longue, car ils sont faits de différentes matières, superposées. Je les vois, à travers cette fumée bleue. La première couche est en coton blanc, sur quoi on a ajouté plusieurs couches de papier, plus résistant. La dernière est faite de fibres de cette plante aquatique, couverte de vésicules qui crèvent au toucher et d'où s'écoule un liquide pareil au pus de mes boutons.

La fumée est plus épaisse que tout à l'heure, et semble avoir changé de couleur. J'y discerne quelque chose. C'est une marionnette, mon effigie, qui vient à moi, telle une apparition. Elle me fait face, tantôt très nette, tantôt noyée dans la fumée. Ses traits me sont étrangers, pourtant, sur son visage, je lis les tourments, les malheurs, la maladie. Je ne m'y reconnais pas cependant. Au contraire, je me sens soulagé, non, plus que cela, je suis ravi de voir un autre souffrir à ma place, avec ses affreux boutons purulents.

« Tire une bouffée, mon fils. C'est du résidu d'opium à peau rouge, du meilleur, pas du vulgaire opium huilé, mais du rouge, en fiente de canard, dans lequel on ne trouve pas une miette d'écorce ou de résine de pin. »

Ma mère me tend une pipe, dont elle appuie le bec d'ambre sur mes lèvres. Des volutes de fumée grise s'élèvent, en tournoyant.

« Fais un vœu, mon fils. Si le Ciel t'accorde de survivre à ta maladie, que désires-tu ?

— Je ferai plusieurs marionnettes à mon image. Des marionnettes à corps humain. Mes sosies. »

III

Le jour déclinait. Du ciel gris, bas, qui pesait sur la plate-forme de l'Observatoire Impérial, la neige ne tombait pas franchement, mais quelques rares flocons voletaient, tournoyaient autour des grands instruments d'astronomie, sphère, globe, quart de cercle, sextant, horizon azimutal, dont certains étaient des masses de cuivre de plus de trois mètres de rayon.

Les cinq astronomes du service de nuit arrivèrent avec une heure d'avance sur l'horaire habituel. Par un escalier étroit, ils montèrent jusqu'au sommet de la tour carrée qui s'appuyait à l'intérieur des murailles de Pékin, qu'elle dominait de trois ou quatre mètres. Aussitôt, ils se mirent à gratter et laver leurs machines, comme les cavaliers, avant une bataille décisive, étrillent, brossent et épongent leurs montures au piquet. Ils polirent les ferrures de laiton des dragons sur lesquels reposaient les globes et les arcs de cercle, en frottèrent les crinières et les barbes touffues qui ornaient leurs mâchoires inférieures, astiquèrent leurs yeux, firent luire leurs longues dents dans leurs gueules béantes, qui crachaient des torrents de flammes au-dessus de leurs cornes étincelantes. Ils aimaient ces dragons, auxquels ils adressaient, en les fourbissant, des mots de tendresse ou de respect, chacun dans son dialecte. La toilette des machines fut terminée avant la nuit. Des serviteurs leur apportèrent leur dîner, de la viande, des légumes et du riz, dans des bols en porcelaine et, le repas fait, chacun prit sa place sur la plate-forme pour observer le ciel jusqu'au matin : l'un s'attacha à considérer le zénith, le deuxième l'est, le troisième l'ouest, le quatrième le sud, le dernier le nord. Cette parfaite répartition des tâches ne visait pas à reproduire le système de la Quinte Souveraine, mais seulement à s'assurer qu'aucune partie du monde ne pût leur échapper.

Cette nuit-là, pendant que les astronomes – savants dont la patience dans l'observation des planètes, comètes, feux et météores, avoisinait la sainteté – ne négligeaient rien qui pût leur être utile, comme la qualité de l'air, la direction des vents, les chutes de neige ou de pluie, les principaux mandarins du Ministère des Cérémonies se rendirent au Temple du Ciel, où ils prièrent, à genoux, pendant une heure, avec les moines. C'était la veille du départ de Sa Majesté au sud du pays, sur un énorme vaisseau, dont la restauration venait de s'achever, et qui portait, non sans humour, le nom de Quinte Souveraine. Si la fameuse étoile orange, de la taille d'une soucoupe, disparaissait cette nuit même, alors, par chance, ce voyage n'aurait plus de nécessité urgente, et l'Empire connaîtrait de nouveau le repos.

Avant l'aube, leur prière collective fut relayée par l'ensemble des grands mandarins de la capitale. Bien que l'audience matinale de l'Empereur eût été annulée, à cause de l'étoile néfaste, tous les participants continuaient à se présenter devant le Palais, comme les y obligeaient les conventions. Tintements des cloches. Roulements des tambours. Ouverture de la Porte. Regroupement devant la Salle des Cérémonies. Claquements des fouets. Prosternation de l'assemblée en direction du trône, vide mais plus symbolique que jamais.

Ce jour-là, ils attendirent longtemps, après le rituel des salutations à genoux, car les cinq astronomes, qui avaient mesuré l'angle des astres, au-dessus de l'horizon visuel, effectuaient une dernière vérification sur le globe céleste en cuivre soutenu par quatre dragons, où les étoiles étaient placées selon leur disposition naturelle sur l'horizon artificiel, magnifique par sa largeur, la multitude et la finesse de ses ornements. Enfin, les savants mathématiciens redescendirent de la tour, et communiquèrent le compte rendu exact de leurs observations au Président de l'Observatoire Impérial, ainsi qu'à celui du Bureau d'Astronomie, qui devait l'inscrire sur le registre du Tribunal.

Le miracle n'avait pas eu lieu. Selon ce rapport, l'étoile en question avait fait une apparition brutale vers deux heures du matin, légèrement à l'ouest de la Pléiade, position qui présageait de la proximité d'un événement. Si elle avait, toute la nuit, gardé sa forme habituelle, la queue tournée vers le haut, sa couleur avait, en revanche, présenté plusieurs changements : entre deux heures et trois heures et demie, elle avait été rouge (ce qui annonçait que des catastrophes allaient toucher tous les territoires du pays), et, à quatre heures moins le quart, le rouge avait viré au doré (signe dans lequel certains voyaient déjà un présage d'épidémies et de morts). Par bonheur, cette couleur dorée avait tenu jusqu'au lever du jour, sans tourner au gris (annonciateur d'épizootie), ou au violet (annonciateur de guerres ou de famines). Le pire, à en croire les astronomes, avait été évité de justesse : qu'elle n'eût été assombrie par un amas de nuages noirs, ce qui eût signifié la mort de l'Empereur.

Sa Majesté décida que le trajet de Pékin à Yangzhou, soit deux mille kilomètres, s'effectuerait exclusivement en navigation nocturne.

La nuit du départ, en dépit de la présence de l'astre orange, était glorieusement belle.

La nef, baptisée Quinte Souveraine, dont l'ancre en fer était si lourde qu'il fallait cinquante soldats pour la soulever, quitta le quai. Sa membrure craqua. Le vent agita ses voiles inclinées, sa quille résista. Peu à peu, les gravures dorées (qui couvraient toute la coque, de la poupe à la proue) d'arbres exotiques et de fleurs inconnues, où voletaient des oiseaux colorés, furent envahies par les eaux du Grand Canal et le vaisseau s'éloigna du port lentement, comme un éléphant qui patauge dans de l'argent fondu.

(Le comparer à un éléphant est une façon de parler, car le navire, avec son profil ventru, destiné à limiter son tirant d'eau pour mieux s'accommoder de la faible profondeur des chenaux, faisait plutôt penser à un hippopotame rassasié, rentré d'une excursion sur le rivage, dans les champs de maïs ou de millet.)

À Lisbonne, dans son département *Páteo de Fisica*, où des générations de princes, aux quinzième et seizième siècles, ont étudié la science et les appareils de physique de leur temps, le Musée de l'Ajuda conserve encore des feuilles de papier chinois de la dynastie des Ming, sur lesquelles des mots latins sont tracés, certains avec du sperme de baleine, appelé ambre gris, la plus efficace des encres sympathiques, d'autres avec du vulgaire jus d'oignon, qui lui aussi reste invisible tant qu'on ne le soumet pas à la chaleur. Dans cette correspondance secrète, que Tomé Pires, premier Ambassadeur du Portugal en Chine, avait envoyée à son Roi avant d'expirer dans une prison, on peut lire un passage concernant la nef de la Quinte Souveraine, qu'il avait croisée en hiver 1521, sur le Grand Canal :

Il m'est difficile de trouver les mots pour définir la masse qui est apparue devant mes yeux : ce n'était ni une demeure seigneuriale flottante, ni un palais princier sur l'eau ; vaisseau par sa dimension, navire par sa solidité, nef par son gabarit moyenâgeux, ces mots me semblent faibles, car il s'agissait d'une œuvre chimérique.

Le premier sentiment qu'elle suscita en moi fut la gêne, mêlée de jalousie, de découvrir qu'un peuple non chrétien, à la peau terne, fût capable d'une telle réalisation. Pourtant, Mon Seigneur, au cours des nombreuses traversées du monde que j'ai effectuées dans ma longue carrière, j'ai connu tant de belles constructions navales, et, comme les dragons à leurs chevaux, je voue, depuis mon enfance, un grand amour aux galions à deux ponts et trois ou quatre étages réservés aux personnages de marque, capables de porter de sept à huit cents tonnes de marchandises, cinq cents soldats, et quatre cents hommes d'équipage pour manœuvrer les gréements.

Mais je dois avouer, Excellence, que de tels bâtiments ne sont rien devant cet ouvrage.

Dépourvu de ce qui constitue une des suprêmes beautés de nos navires, la figure de proue, animaux du bestiaire chrétien ou buste de femme noire tenant entre ses seins d'ébène une rose peinte au naturel (les Chinois n'ont encore jamais vu d'homme de couleur noire), il n'avait non plus ni éperon, ni gaillard d'avant, ni dunette. Pareillement large de la proue à la poupe, il présentait trois étages de ponts, où les passages entre les tillacs et les salons étaient transformés en jardins fantastiques, avec des rochers simulant des falaises, des pelouses vertes, onctueuses comme le velours, des balançoires, des vérandas, des volières, de fausses grottes, des escaliers en marbre blanc, des scènes de spectacles… D'un bout à l'autre des trois ponts, de petites chambres s'élevaient à plusieurs mètres au-dessus du bord, et je ne pouvais qu'en imaginer la décoration intérieure : des murs tapissés de miroirs en bronze, des meubles en bois sculpté, des services à thé et des coupes filigranés, des tapis et des lits larges comme une maison.

Les ponts étaient criblés de petites fenêtres cerclées de cuivre, elles-mêmes criblées de visages de jeunes filles, serrées les unes contre les autres. Des Femmes du Palais. Les yeux écarquillés, elles étaient littéralement collées aux fenêtres pour regarder un homme comme elles n'en avaient encore jamais vu, un homme blanc, dans une barque. Moi. Un sentiment de fierté m'inondait, car je savais qu'à travers moi elles entrevoyaient soudain un autre monde. J'ai compté le nombre de ces fenêtres : elles étaient cent. En multipliant par deux le nombre des filles, cela faisait deux cents, et je n'osais imaginer que, si chaque chambre était occupée par trois filles, c'étaient trois cents nymphes, parmi les plus belles de la Chine, qui étaient enfermées dans ce bateau.

On pouvait également supposer que les matelots – tous des eunuques – vivaient à fond de cale. De par mon expérience de la navigation, je dirais qu'il ne fallait pas moins de six cents personnes pour hisser, carguer, orienter l'énorme voilure.

Il est malaisé d'estimer le poids des basses voiles de ce vaisseau, qui paraissait exceptionnel ; faites de nattes fort épaisses, garnies, dans toute leur largeur, de longues perches en bois, elles étaient descendues aux deux tiers des mâts. Gonflées comme des ballons, elles grinçaient au vent, tandis que les huniers et les perroquets, en grosse toile de coton, frissonnaient en semblant pousser des cris.

Tous les vaisseaux que j'avais jusqu'alors vus dans ce pays portaient un seul fanal arrière, mais celui-ci en avait cinq, ce qui est plus que notre navire amiral, à quoi il fallait encore en ajouter cinq autres, de même luminosité : un premier, fixé au mât de misaine, qui était tout sur l'avant ; un deuxième, sur le gros mât, non loin du lieu où nous plaçons nous-mêmes le mât de misaine ; un troisième et un quatrième, accrochés sur l'artimon et le beaupré, qui se trouvaient à bâbord, considérablement éloignés du milieu, où nous avons coutume de les placer, et le dernier, sur le cacatois.

Les cinq grands mâts oscillaient sur une hauteur si extraordinaire que, vus de ma place, les fanaux auraient eu l'air de belles étoiles, d'une grosseur étonnante, se promenant parmi celles qui scintillaient dans le ciel, s'il n'y avait eu, au sommet de chaque poteau, une hune en bois sculpté.

Je contemplais ce gâchis. Ces cinq hunes, perchées au bout des mâts, faisaient de la nef un échec esthétique, une pure caricature, d'autant que, à l'intérieur de chacune, on voyait se détacher, dans la lumière vacillante des fanaux, des ombres qui bougeaient. J'imaginais que des matelots, logés en haut, s'adonnaient à des exercices de musculation, compte tenu de leurs mouvements répétés de va-et-vient, qui faisaient osciller les mâts et balancer les cordages comme une chevelure.

Dans cette description du bateau, jusqu'aux derniers détails des voiles, notre ambassadeur portugais fait montre d'un talent digne des meilleurs espions, si ce n'est qu'à la fin il commet une légère erreur : les ombres aperçues dans les hunes n'étaient pas celles de matelots entretenant leur musculature, mais celles de Leurs Majestés, la Quinte Souveraine, qui livraient chacune un combat au corps à corps avec une partenaire, dans leur jeu sexuel préféré, *l'acrobatie aérienne de Confucius*, auquel ils étaient si bien entraînés qu'ils en avaient éliminé tout mouvement qui ne fût pas synchrone, pour atteindre, au terme de leur numéro, le sommet de la complicité humaine, et réaliser l'exploit, sinon le miracle, de jouir de concert.

« Je suis l'Ambassadeur du Roi du Portugal ! »

Debout sur sa barque, l'étranger avait lancé cette phrase que son batelier chinois venait de lui apprendre. Mais sa voix s'était perdue au milieu d'un chœur éperdument joyeux, mené par des milliers de grenouilles, scandé par une légion de cigales et autres insectes, sortis de leurs abris pour saluer la Nef Impériale, qui s'éloignait dans la nuit, songeuse et glorieuse. Le Grand Canal scintillait, et si, tout à l'heure, il avait ressemblé à une coulée d'argent, il était à présent sombre, presque noir, un noir auquel les nuées de moustiques qui flottaient dessus apportaient brillance et onctuosité.

Bien que le témoignage de Tomé Pires fût précieux et que ses descriptions techniques ne manquassent point de précision, sa position extérieure au vaisseau lui était un inconvénient, et il avait beau avoir un œil aiguisé, il ne deviendrait, hélas, jamais un nouveau Marco Polo. Car la vérité de cet immense harem aquatique lui avait échappé.

Si l'on consulte aujourd'hui les plans de ce navire, on peut voir à quel point Sa Majesté – son commanditaire et son inspirateur – était un gamin fantaisiste, doublé d'un voyou. (Un gamin tourné en voyou, et un voyou devenu escarpe, avant de se transformer en tyran.) Pour le plus grand nombre, un tyran est nécessairement fantaisiste, et seules la monotonie de sa vie quotidienne et l'éternelle répétition des rites lui donnent cette fausse gravité qui lui vaut le respect.

Sa Majesté, prétendait-on, incapable de résister à une fantaisie qui lui trottait depuis longtemps en tête, avait eu l'idée de réaliser celle-ci le plus loin possible de la capitale, dans le souci de ne pas choquer les bureaucrates confucéens. « J'en ai assez des Femmes du Palais, avait-il dit à ses sosies. Je veux, à bord de notre navire, en faire des prostituées, dont on usera tous les cinq, comme de vulgaires clients de maison close. »

Voilà comment fut créé le plus grand bordel flottant de l'histoire de la Chine, avec ses trois cents femmes, réparties en trois catégories, sur chacun des trois ponts, selon la classification tripartite des maisons de prostitution chinoises :

1. Les quartiers rouges, fréquentés par les soldats, les marins, la racaille locale.
2. Les cabarets, destinés aux petits notables, aux commerçants, aux officiers de l'armée.
3. Les maisons de courtisanes.

La cale était aménagée sur le modèle des quartiers rouges, qui devaient leur nom à la couleur des lanternes qui éclairaient des grappes de cabanes, dans des rues tortueuses. Ainsi avait-on recréé, dans la cale, une succession de ruelles, le long desquelles s'alignait une grande variété de baraques à portes en bois, en fer, en bambou, en pierre, en paille, à un ou deux battants, rectangulaires, carrées, hautes, basses, rondes, en losange ou en demi-cercle. Devant chacune, une Femme du Palais, déguisée en prostituée, était assise sur un tabouret bas, sous une lanterne rouge, dont la lumière l'enveloppait dans une sorte de brume rosée. Dans chaque lanterne était posé un chausson en soie délicate, de la taille idéale d'un pied féminin, soit à peine plus long que l'orteil d'un homme normal.

Les pieds pointus et d'une petitesse excessive, fruit d'un long bandage serré, depuis l'enfance, occupaient une place primordiale dans la liste des attributs qui décidaient du tarif d'une prostituée :

Taille du pied : 20 centimètres. Prix : 100 sapèques.
15 centimètres. 125 sapèques.
10 centimètres. 130 sapèques.
9 centimètres. 200 sapèques.

Bien entendu, Sa Majesté et ses sosies étaient des adeptes inconditionnels du folklore du pied et de la chaussure : comme tous les Chinois, ils considéraient les pieds comme la partie la plus intime du corps féminin, ou plus encore, comme la féminité elle-même. Cette partie de la femme étant strictement taboue, dans la tradition érotique chinoise, l'acte sexuel commençait quand l'homme, qu'il fût monarque ou simple sujet, touchait les pieds de sa partenaire. C'était un préliminaire obligé, une action décisive.

Dans la cale, les conditions d'hygiène étaient, elles aussi, reproduites à l'identique : tout n'y était que saleté, fumée, poussière… Les parois qui séparaient les cabanes, minces comme des feuilles de papier, laissaient filtrer les cris et les râles des clients voisins, les braiments de leurs mulets – on en avait amené sur le bateau par souci de vérité –, et l'odeur épicée des gambas grillées que l'on dégustait entre deux coïts. Respectant la tradition, les cinq faux clients fourraient dans leurs besaces les petits chaussons des femmes qu'ils avaient visitées, comme les trophées de leurs batailles, mais pas les bandelettes, longues à n'en plus finir, qui entouraient leurs pieds, car elles ne les défaisaient jamais, pas même pour le Monarque.

Le faux pont abritait les bordels de deuxième catégorie, les cabarets, avec leurs lampions en soie, sous des feuilles de bambou tressées. C'était une reproduction parfaite, en miniature, de ces établissements qui vendaient de l'alcool au rez-de-chaussée et fournissaient des lits au premier étage. Là, le long d'un interminable couloir embrumé – un cabaret était toujours enveloppé de vapeurs de cuisine, car on y préparait des centaines de plats –, une suite de portes coulissantes abritait des cabines d'où sortaient de la musique et des chants. Par l'entrebâillement, on voyait des clients – des eunuques déguisés –, assis sur des coussins brodés, en compagnie de filles ajustées à la dernière mode, attentives à charmer leurs hôtes. Tout le long du couloir, des étagères décoraient les murs comme un vaste échiquier, dont chaque case était remplie par un grand bocal, plein d'un breuvage aphrodisiaque, où macéraient des plantes tropicales, des racines à forme d'embryons humains, des serpents, des yeux de lions, des pattes d'ours, des os de tigres, des carapaces de tortues, des défenses d'éléphants, des dents de rhinocéros, des mille-pattes, des fournis géantes, des araignées rouges, des pierres d'agate, d'onyx, de jade, d'émeraude, de chrysoprase… Une pseudo-prostituée, à la mémoire exceptionnelle, détaillait le contenu des bocaux à chaque client : elle en citait le nom, l'appartenance à une espèce, minérale, végétale ou animale, les propriétés, la date de macération, et les effets du breuvage selon les saisons, émaillant son discours de commentaires de personnages célèbres ou d'éloges écrits par des poètes, à différentes époques.

Après quelques heures de consommation de ces boissons aphrodisiaques, la raison du client était si affectée qu'il voyait au milieu du coït sa partenaire se métamorphoser entre ses bras, croître en forme de plante, se figer en matière minérale ou mugir comme une bête.

À bord de la nef, était reproduit le plus fameux cabaret de l'époque, « L'Exotique », qui possédait un bocal dans lequel macérait une horloge de cuivre, offerte par un missionnaire belge à un dignitaire local. Bien que rouillées, les aiguilles du cadran, qui baignait dans l'alcool, se déplaçaient toujours, et l'appareil sonnait encore les heures dans le silence infini de sa tombe aquatique. On ne l'entendait pas, mais on voyait, à chaque heure nouvelle, de petits musiciens – des automates miniatures – sortir jouer de la trompette. Un jour, un client, déjà ivre, avait bu de ce bocal et son cœur avait manqué cesser de battre quand il avait entendu des bruits de tic-tac s'échapper de la bouche de la prostituée qui l'accompagnait. Les bras de la fille, qui s'agitaient comme des aiguilles, lui avaient donné la mesure du temps infini qui s'écoule en une minute, et au bout d'une heure, elle s'était mise à imiter le son des trompettes.

Les chambres construites sur le pont correspondaient aux maisons de la troisième catégorie, celles des courtisanes qui officiaient dans des lieux de qualité, appelés « maisons de chanteuses » ou « pavillons de thé ». Elles intéressaient énormément Sa Majesté, mais ce n'était toutefois ni pour la beauté des filles, ni pour leur connaissance de la poésie, ou leur maîtrise de la danse du lotus, encore moins pour leurs perroquets, si bien imprégnés des chants et poèmes de leurs maîtresses qu'ils en composaient eux-mêmes. Non, rien de cela ne méritait son attention. Ces fausses courtisanes étaient en fait des espionnes à son service, qui lui fournissaient une mine de renseignements.

Dans la société chinoise, « les pavillons de thé » étaient des lieux strictement réservés aux classes supérieures, contrairement aux lupanars commerciaux, qui fournissaient des filles à quiconque pouvait payer pour leurs services.

Suivant ce modèle, les pseudo-courtisanes de Sa Majesté étaient une véritable institution, qui jouait à bord un rôle essentiel. De même que, dans la haute société, les hommes n'entretenaient pas de relations sociales à leur domicile, mais toujours hors de chez eux, principalement chez les courtisanes, c'étaient aussi chez elles que, sur le bateau, les grands eunuques se donnaient rendez-vous, s'invitaient, échangeaient des informations, concluaient des contrats, payaient des pots-de-vin, discutaient politique, s'offraient des poèmes et organisaient des fêtes privées. Les Femmes du Palais qui jouaient les courtisanes étaient de bonnes vivantes, qui divertissaient leurs visiteurs avec de la musique et des danses, les accompagnaient à boire et savaient obtenir d'eux des confessions si intimes que Sa Majesté elle-même n'eût pu en arracher de semblables à ses sosies.

Chaque visite dans un pavillon de thé coûtait une fortune. Dès la première tasse, qu'on appelait « la tasse du choix des fleurs », l'hôte devait payer plusieurs milliers de sapèques, avant d'être conduit dans une chambre où une fille ravissante, véritable fleur à l'élégance voluptueuse, l'attendait, étendue sur une couche. « De quel pays vient mon honorable hôte ? demandait-elle. Je suppose qu'il vient de loin. » Elle préparait alors un excellent élixir, dans un creuset en or, avec une cuiller en jade, qu'elle présentait à son hôte dans une coupe en cristal ou un bol en ivoire, moyennant plusieurs ligatures de pièces. Puis elle prenait un luth. Si l'homme savait manier l'instrument, il en jouait un air, et elle chantait un poème ; on disait alors que « le phénix lançait son chant ». C'était souvent ce poème de Sima Xiang Ru :

« Seule dans une chambre,
Intolérable est ma solitude.

Quand j'entends le bruit de tes pas,
Mes émotions me mettent au supplice. »

Bien entendu, chaque instant de ce régal s'accompagnait d'une distribution rituelle de pourboire, sauf si la courtisane ôtait l'épingle de sa coiffure et la plantait dans les cheveux de son client, en preuve d'affection.

Mais revenons à la partie émergeante de l'iceberg, à savoir les acrobaties aériennes pratiquées dans les cinq hunes, le soir où le vaisseau impérial avait croisé la jonque de l'Ambassadeur portugais.

Cette nuit-là, un moustique à front jaune tacheté de noir, grand champion des vols de nuit, dépassa la nuée de ses adversaires, et fut le seul à atteindre la hauteur des hunes, qui était vertigineuse, comparée à la taille minuscule de l'insecte.

Posant son abdomen sur le mât de misaine, il jeta un coup d'œil en bas ; le tillac paraissait lointain, les silhouettes des eunuques-matelots du service de nuit ressemblaient à des fourmis. À cette altitude, l'air était plus frais, le vent soufflait plus fort. Secoué de frissons, notre héros agita ses ailes, s'envola de nouveau et se glissa dans la hune de misaine.

Autant la lumière du fanal était éblouissante à l'extérieur, autant elle était saturée à l'intérieur de la hune, dont la fenêtre était masquée par un rideau. Le moustique se crut entré dans une cave, et dans la pénombre il chercha à comprendre le sens de ce qui se déroulait sous ses yeux : était-ce une scène d'agonie ? Un homme était assis sur un fauteuil et une femme, à califourchon sur ses genoux, effectuait des mouvements saccadés, en lui serrant fort le cou.

L'homme respirait mal, il semblait étouffer, il se débattait, ses yeux, à demi exorbités, fixaient l'intrus moustique par-dessus les épaules de sa partenaire, qui le chevauchait en gémissant.

« Qu'est-ce qu'il regarde, comme s'il voulait emporter avec lui une dernière image du monde ? se demanda le moustique. Les taches noires sur mon front jaune ou la large bande qui strie mon ventre ? »

C'était un insecte rare, que la nature avait conçu en enfant gâté, rassemblant sur lui toutes sortes de perfections : un sang-froid de tueur, une audace d'aventurier, des ailes délicates, lisses, brillantes, diaphanes, une trompe longue et agile, un corps de forme évasée, réticulée, qui le faisait ressembler à un brin d'herbe, un bourdonnement presque inaudible, et surtout un don unique de saisir les occasions. En la circonstance, il se dit qu'il n'avait pas une seconde à perdre, avant que l'homme ne rendît son dernier souffle.

Son attaque fut fulgurante : entre l'instant où il posa ses pattes grêles au fond d'un des trous qui criblaient le visage de sa victime et la fin de son action, il se passa moins d'une seconde. Ce petit vampire ailé s'était tant concentré sur la piqûre et la succion qu'il n'avait pas même remarqué la particularité topographique de ce stigmate de la vérole. Déjà, il se promenait ailleurs, planait, s'arrêtait en plein vol, et restait suspendu en l'air, au mépris des lois de la pesanteur, pour savourer sa victoire et laisser se distiller à pleines veines le sang qu'il venait de sucer. Puis il eut envie de visiter une autre hune, au sommet d'un autre mât, éclairé par un fanal tout aussi aveuglant.

Ce fut une erreur fatale, imputable à son désir d'en avoir toujours plus. Faisant irruption dans la deuxième tourelle, il descendit sans hâte vers un homme qui copulait, exactement comme le précédent, assis dans un fauteuil, une femme sur les genoux. Il atterrit sur son visage, mais à l'instant où il planta son stylet dans la peau de cette seconde victime, lui, le héros volant, le roi des moustiques, il succomba à une crise cardiaque, apparemment provoquée par un violent choc émotionnel.

Il avait cru rencontrer un fantôme, en découvrant avoir affaire au même homme qu'il avait déjà piqué dans la hune précédente : la même physionomie, le même visage ravagé par l'épidémie, criblé du même nombre de petits trous, de même forme, de même texture. Pire, le goût du sang était lui aussi identique.

Le seul témoin de cette mort subite fut la Femme du Palais, déguisée en prostituée, qui gémissait dans les bras de l'homme. Vers minuit, elle descendit de la hune et réveilla l'historien officiel.

« Je viens de faire l'amour avec Sa Majesté, déclara-t-elle. Vous devez noter cet événement dans les Annales.

— En aucune façon, corrigea le savant, il n'est prouvé que vous ne l'avez pas fait avec l'un de ses sosies.

— C'était bien l'original, non une de ses copies. En voici la preuve. »

Elle lui montra le cadavre du moustique, enveloppé comme une précieuse relique dans un mouchoir immaculé, seulement souillé de deux gouttes de sang.

« Comme chacun sait, seule la version originale est tellement droguée que son sang en empoisonne les insectes. »

Pour une preuve, c'était une preuve, car la taille minuscule du cadavre rendait impossible une autopsie digne de ce nom, qui eût éclairci la cause de sa mort.

Dès lors, le plaisir des copulations en altitude en fut altéré : en pleine action, dans leur quête de l'orgasme, les filles étaient soudain frappées de paralysie, leur langue se faisait de pierre, leurs mains et leurs pieds se raidissaient, dès qu'elles entendaient le moindre bourdonnement d'insecte. Cela obligea chacune des cinq versions de la Quinte Souveraine à éteindre la lumière des fanaux pour faire l'amour, afin d'éviter que leurs partenaires ne cherchassent désespérément des yeux la trace d'un hypothétique moustique.

IV

Il n'est guère possible de s'imaginer l'étendue des délices qu'une chasse procurait à Sa Majesté.

Quinze ans plus tôt, alors qu'il n'était encore qu'adolescent, tout juste monté sur le trône, il était venu pour la première fois, comme ses prédécesseurs le faisaient chaque année, au début du printemps, dans le Jardin de Chasse impérial – une plaine, dont la superficie égalait presque celle d'une province, où couraient cerfs, sangliers, daims, chevreuils, ours, et autres gibiers –, à l'ouest de Yangzhou. Nul prince, noble, ministre, général, ou officier de l'armée n'eût osé y chasser, sans le privilège d'y avoir été invité par le monarque lui-même ; nul marchand, propriétaire foncier, artisan, villageois, enfin, personne, n'eût osé posséder un chien de chasse, un aigle ou un faucon, autour de ce domaine.

Sa chasse inaugurale, une chasse aux oiseaux, avait commencé à l'aube. Le jeune Empereur dormait encore, dans une chambre en bois précieux, installée sur le dos de quatre éléphants, parfaitement entraînés et disciplinés, qui avançaient au même pas, comme un seul animal, sans provoquer la moindre secousse, malgré les sentiers cahotants, suivis par dix mille fauconniers, dont la vie était vouée à la surveillance des oiseaux du Jardin, tous habillés du costume réservé aux chasses impériales : cinq mille étaient vêtus de vermeil, les cinq mille autres d'azur. Comme ils étaient si nombreux, et rangés par deux, ils formaient un double flot de couleurs contrastées, qui, tels deux immenses reptiles, l'un rouge, l'autre bleu, ondulaient dans la plaine endormie et silencieuse, sur laquelle, comme dans un tableau de la dynastie des Song, flottait une brume laiteuse ; on n'y entendait pas un cri des cinq cents gerfauts et des deux mille faucons pèlerins portés par les fauconniers, munis d'appeaux et de capuchons, destinés à appeler et à immobiliser les oiseaux.

« Majesté, avaient crié les hommes, des émeraudes. »

L'adolescent s'était réveillé. Pendant quelques secondes, il n'avait plus su où il était, dans cette chambre en bois, grande comme une cage, toute tendue de draps d'or battu. Nouveaux cris des fauconniers. Les grincements de la chambre, sur les éléphants, lui avaient rappelé les hunes dans lesquelles il aimait à s'enfermer, au sommet des mâts du vaisseau impérial.

Il avait ouvert la porte. À peine avait-il aperçu quelques silhouettes d'oiseaux qui filaient dans le ciel que, sans comprendre ce qui se passait, il avait lancé le gerfaut qu'on lui avait posé sur la main. Sa somnolence s'était alors dissipée, et il s'était rappelé qu'un échec de son oiseau, qui avait disparu dans l'atmosphère blanche, serait interprété comme un signe de mauvais augure ; une foule de craintes avait envahi son esprit, mais le gerfaut avait bientôt reparu et, piquant de la tête, avec une éblouissante rapidité, il avait jeté sa proie à terre, entre les pattes des éléphants. Le jeune Empereur avait aussitôt reconnu le volatile, un oiseau de Paradis émeraude, avec les plumes duquel les artisans réalisaient les longs panaches dont sa mère aimait à orner sa tête. La malheureuse victime, gisant à terre, s'était débattue un long moment entre les serres du gerfaut, devant les yeux émerveillés de Sa Majesté : la huppe jaune s'était mise à saigner, le sang avait taché la collerette orange, bordée de noir, des plumes d'un vert métallique s'étaient envolées, la longue queue fauve à réseau noir mêlé de rouge avait été traînée dans la poussière. Assis sur sa couche, dans sa chambre haut perchée, il avait savouré, avec une cruauté innocente, chaque coup de bec et chaque déchirure, qui avaient suscité en lui des délices et un amusement tels qu'aucun homme n'en avait encore goûté.

La ville de Yangzhou, la plus prospère de la Chine, attirait des aventuriers du monde entier, des commerçants arabes, des bateaux persans, et Marco Polo avait même prétendu en avoir été le gouverneur durant trois ans, mais quand cent eunuques jetèrent l'ancre de son vaisseau dans le canal périphérique, et que des milliers d'odeurs – les effluves de musc qui enveloppaient les maisons closes, en bordure du canal ; les vapeurs d'encens qui imprégnaient les marches en marbre reliant les berges à l'entrée des palais des riches marchands de sel ; les relents qui montaient des marchés en plein air ; les fumets qui s'échappaient des restaurants – prirent d'assaut le nez du Monarque, alors âgé de trente ans, elles le laissèrent indifférent, et il ne huma que le parfum de son Jardin de Chasse.

Un vague sentiment de faim et de soif prit possession de ses facultés. Il savait qu'il allait de nouveau goûter des délices qui lui manquaient tant à Pékin. Sur son ordre, on avait déjà préparé la chasse, avant son arrivée, pas une chasse aux oiseaux, aux cerfs, aux lièvres, ou aux ours, non, le gibier qu'il avait exigé, par courrier officiel, était le tribut offert par le chef des armées de la frontière birmane : un couple de rhinocéros, et cette créature noire, dont on ignorait le nom.

Quant à l'éléphant qui figurait dans la liste, il avait succombé au long et pénible voyage.

Sur une carte du vaste Jardin de Chasse, Sa Majesté avait elle-même délimité, à l'encre rouge, le périmètre dans lequel on devrait, la veille de la chasse, lâcher le gibier, soit un terrain vallonné d'environ deux kilomètres carrés, encerclé par l'armée.

Le monarque était conscient que la situation – l'étoile de mauvais augure, qui continuait d'émettre sa lueur orange – exigeait de lui une discrétion à toute épreuve, et c'était précisément pour cette raison qu'aucun noble du pays, aucun membre de la famille impériale, non plus que les grands mandarins, généraux, ministres, peintres de la Cour (d'habitude chargés d'immortaliser les scènes de chasse), poètes, clowns, ou chanteurs d'opéra n'avaient été conviés, et que, pour la première fois, une partie de chasse impériale n'offrait pas une vue panoramique de milliers de tentes de toutes espèces, toutes couleurs, toutes formes, dressées sur le terrain vague.

Cependant, Sa Majesté n'avait pu résister à la fantaisie d'emmener avec lui une partie de son harem – les trois cents Femmes du Palais, déguisées en prostituées sur son vaisseau – et il se réjouissait à l'idée de voir ces jolies nymphes à pieds bandés, métamorphosées en soldates caparaçonnées d'armures et de casques en cuir, pousser des cris aigus autour des gibiers.

Aussitôt à terre, les filles furent soumises à une formation intensive d'une dizaine de jours : marche militaire, course à pied, tir à l'arc, maniement des épées, des lances et des sabres, musculation, observation d'un strict régime alimentaire (elles devaient manger beaucoup, à des heures précises), interdiction de jeux, de plaisirs, et de toute forme d'excitation. Stoïques, elles prenaient très au sérieux cet entraînement, qui les condamnait à la continence, et ne découvraient les joies du repos que le soir, dans des tentes dressées sur l'herbe d'une prairie, petites pyramides blanches, translucides, que des flambeaux éclairaient.

Traditionnellement, afin que l'Empereur pût tenir audience ou donner des fêtes durant les parties de chasse, on dressait une très vaste tente, qui, à en croire Marco Polo, pouvait accueillir mille personnes.

Cette année, la discrétion interdisait l'érection d'un chapiteau de cette dimension. À sa place furent dressées quatre tentes – ni carrées, ni rondes, ni triangulaires, mais en forme de crâne humain –, dont chacune contenait une des quatre sections d'un livre géant, le *Yongle dadian*, ou *Compendium monumental de l'ère du Bonheur Éternel*.

C'était la plus grande encyclopédie manuscrite du monde, un ouvrage de trente mille volumes, qui constituait, à lui seul, une bibliothèque.

(*Yongle*, *Bonheur Éternel*, est le nom de règne du troisième empereur de la dynastie des Ming, dont l'ambition était de posséder un ouvrage qui contiendrait le savoir de tous les livres chinois existants, sinon tout le savoir humain. Quand l'Académie en eut achevé la compilation, des milliers de scribes furent rassemblés à la capitale, et, durant des dizaines d'années, parfois de père en fils, ils en firent la copie, en trois exemplaires : le premier était conservé à Pékin, dans la bibliothèque du Palais, le deuxième à Hangzhou, le troisième dans la Bibliothèque Impériale de Nankin, l'ancienne capitale. C'est ce dernier exemplaire qui avait été envoyé, sur ordre de Sa Majesté, au Jardin de Chasse de Yangzhou, deux semaines avant son arrivée.)

Les deux cents académiciens convoqués par le monarque furent frappés par la façon dont l'encyclopédie se présentait, ou plutôt s'imposait à eux ; à elle seule, sa façon de cataloguer, de répertorier, était déjà une vision du monde, un ordre à part entière.

Les quatre tentes, qui correspondaient aux quatre domaines embrassés par le livre géant, étaient faites de toiles de quatre couleurs symboliques.

La première, qui contenait tous les textes classiques ou canoniques du confucianisme, était verte. La deuxième, consacrée aux livres historiques, était rouge. La troisième, qui rassemblait les écrits philosophiques, était bleue, et la quatrième, réservée aux œuvres littéraires, grise.

Quelques siècles plus tard, l'Argentin Borges imagina, dans une de ses nouvelles, une bibliothèque ronde, permettant à chaque livre des rayons circulaires d'en être le premier. D'autres rêvèrent d'une bibliothèque tunnel, sorte de long passage, propice à une consultation rapide. Mais une bibliothèque en forme de crâne humain, comme celle que l'on voyait dans le Jardin de Chasse, quelle idée sensationnelle ! Un vrai labyrinthe, exactement comme dans une tête humaine.

La nuit, quand les quatre tentes étaient éclairées de l'intérieur, la forme de crâne qu'elles présentaient dans la journée s'estompait, et ce qui paraissait, c'étaient les quatre lobes du cerveau, de couleur différente, dont les circonvolutions architecturales scintillaient, flottaient dans la brume nocturne. Chaque académicien se sentait gêné, presque choqué, par cet étrange narcissisme, qui l'obligeait à fixer son regard sur son propre cerveau, à s'en exalter, s'en gober, au milieu de nuées de moustiques et de papillons de nuit, réunis tout autour comme autant de pèlerins.

À l'intérieur de chaque section de ce livre bibliothèque, on pouvait admirer la subtile organisation des ouvrages. Dans la première tente, consacrée au confucianisme, on remarquait qu'une classification personnelle ou fantaisiste n'y avait pas de place : les ouvrages étaient rangés par sujets, répartis en six groupes, différenciés les uns des autres, sur les rayonnages, par une distinction chromatique qui respectait strictement l'ordre de la cosmologie chinoise : d'abord, les volumes concernant le Ciel, sur des étagères peintes du beau jaune de l'or pur, la couleur des robes de l'Empereur. Le matin, dans la lumière tamisée de la tente – souvenez-vous qu'elle était en toile verte –, ils se paraient des reflets sombres du Fleuve Jaune, que tachetaient des îlots, formés par les caractères écrits sur les étiquettes ; à midi, ils évoquaient la topaze brûlée et, le soir, les rizières à la saison des récoltes, leurs pailles de riz luisant sous le couchant. Après minuit, quand le dernier lecteur s'était retiré, que les lampes étaient éteintes et que seul le clair de lune pénétrait dans la tente, tous ces écrits sur la voûte universelle, le gouvernement céleste, le registre des destins, l'art de la divination d'après les nuages, tous ces livres traitant des planètes, du soleil, de la lune, des astres, de l'origine du cosmos, du paradis, etc., qui dormaient sur les rayons jaunes, se teintaient d'améthyste.

En passant devant cette tente – celle du Confucianisme –, on apercevait, à travers la toile verte, des formes vagues, d'un blanc hâtivement vert, à proximité des rayons jaunes, comme les jets d'une fontaine dans un pré ; devant la deuxième tente, celle de l'Histoire, on eût dit que, derrière la toile rouge, s'épanouissaient des arbres à fleurs, peut-être des pommiers blancs, dont la floraison éphémère ressemble aux roses ; quant à la troisième, celle de la Philosophie, c'était l'écume des flots qui moutonnait derrière sa toile bleue, en vagues muettes et crémeuses ; la quatrième, celle de la Littérature, dont la toile était grise, semblait envahie de fantômes, de flocons de laine ou de neige sale, sans éclat.

Il s'agissait des rayons peints de couleur argentée, sur lesquels étaient rangés les livres traitant de la Terre, le sujet subalterne du Ciel.

Bien que subalterne du Ciel, la Terre a, elle aussi, dans la cosmologie chinoise, trois subordonnés, qui sont, par ordre d'importance décroissante : l'Homme, dont les rayons le concernant étaient peints en un orange qui n'avait rien à voir avec l'orange mécanique, froid, sinistre, émis par l'étoile de mauvais augure, mais dont l'éclat évoquait la fraîcheur et le parfum suave de l'agrume lui-même ; les Plantes, sur des rayons vert foncé, qui faisaient ressembler les ouvrages à un feuillage sombre, vernissé ; les Animaux, dont les rayons étaient peints en un ocre évoquant les terres sauvages, le pelage des fauves, la sécheresse de l'argile. À l'intérieur de la tente rouge de l'Histoire, ils prenaient des tons sanguins très riches alors que, dans celle du Confucianisme, c'était une sanguine un peu verdâtre.

Quoi d'étonnant, dans un décor pareil (« chacune des tentes était un arc-en-ciel, raconta un des académiciens dans ses Mémoires, qui réservait à nos yeux, autant qu'à notre mission spéciale, des bonheurs inattendus »), qu'un savant de l'équipe de nuit, dont la maigre silhouette imprimait, sur la toile rouge de la tente de l'Histoire, une ombre noire de squelette voûté aux omoplates déformées, à la colonne vertébrale déviée par une vie d'étude, pût enfin mettre un doigt décharné et pâle sur l'information qui marquait l'aboutissement d'une longue recherche collective, commandée par la Quinte Souveraine, désireuse d'être informée sur la nature de la « créature noire », proie tant désirable de sa chasse imminente.

Le renseignement précieux fut trouvé sur un rayon ocre, dans un ouvrage du treizième siècle, intitulé *Notes d'un érudit*, conservé dans un coffret en bois de platane, sans doute à cause de l'anonymat de son auteur.

(La majeure partie de l'encyclopédie se composait d'ouvrages déjà rares à l'époque de sa rédaction, qui avaient été réquisitionnés chez des collectionneurs, copiés par des scribes, et préservés dans des coffrets, dont la taille variait en fonction de l'importance des volumes, et dont le choix du bois répondait à une hiérarchie, non plus cosmique, cette fois, mais administrative, bureaucratique, déterminée par le rang social de l'auteur : les coffrets en bois de camphrier, ou laurier du Japon, essence insectifuge et imputrescible, à l'odeur fort particulière, étaient réservés aux écrits des Empereurs, dont les noms, en caractères d'or, illuminaient le cuivre des serrures ; le bois de teck, très fin et très dur, était dévolu aux écrits des premiers ministres ; le noyer, à ceux des gouverneurs de provinces ; puis, de grade inférieur en grade inférieur, on employait le charme, le cornouiller, l'alisier, le coudrier, le hêtre, le poirier, le pommier, et enfin le platane.)

Voici l'extrait concerné des *Notes d'un érudit* :

J'ai vu ce que l'on appelle une « créature noire », à la Cour du Roi d'Ormuz. Certes, elle est noire, mais le nom de « petit chameau ailé » désignerait bien mieux cet oiseau étrange, qui a des pattes de chameau, épaisses, charnues, de consistance râpeuse et dure, ainsi que des ailes en plomb, qui l'empêchent de voler. À en croire ce que l'on m'en a rapporté, son nom, en ormuz, est : strouthion, et moi, je crois avoir déjà lu la description d'un oiseau ressemblant, qui avale des cailloux, des objets en fer, et même du charbon chauffé à rouge, dans les Mémoires de Marco Polo, qui le nomme autruche.

V

Bien qu'Elle fût un maître incontestable dans l'art du simulacre, créant un chef-d'œuvre en la matière – quatre sosies vérolés –, Sa Majesté se montra très prudente, très attentive aux moindres détails, presque anxieuse, durant les préparatifs de la chasse.

Pour le commun des mortels, homme ou femme, soldat de métier ou amazone à pieds bandés, tuer est un acte expéditif, à peine une poignée de secondes, parfois moins, d'une pure brutalité, sans nuance, qui ne mérite ni longue préparation, ni instructeurs spéciaux. Si nous savons vivre, nous savons tuer de même. Inutile de vouloir tout connaître de la victime.

L'information trouvée par le savant de l'Académie arriva au Dépôt des Animaux, la veille de la chasse, alors que la « créature noire » – dont le nom était désormais : autruche d'Ormuz – et le couple de rhinocéros venaient d'être lâchés sur le terrain désigné par le monarque.

Celui-ci donna son avis sur tout, sachant que chacun de ses mots avait valeur d'ordre sacré : le cercle – sorte d'enceinte humaine –, que les soldats formeraient et maintiendraient autour de la zone, durant la nuit – ; les feux qu'ils devraient maintenir allumés jusqu'au lendemain ; le rythme du roulement des tambours ; la disposition des dix mille hommes – mi-soldats, mi-chasseurs, à la fois habitants et gardiens du domaine, qui payaient à la Cour un impôt mensuel de trente fourrures de bêtes ; la couleur de leurs uniformes, le nombre de leurs chiens dressés (cinq mille), la façon dont ils devraient avancer, à égale distance les uns des autres, afin de former un cercle parfait, qui se resserrerait vers le centre, où les attendraient la Quinte Souveraine, les amazones, et un couple de tigres dressés à prendre sangliers, ours, bœufs et ânes sauvages.

À regret, Sa Majesté constata qu'il lui faudrait attendre le lendemain pour confirmer la nouvelle identité ornithologique de la « créature noire ». Elle ordonna de préparer des aigles, en prévision d'une éventuelle résurrection des ailes de l'oiseau coureur, ainsi que des cailloux, des objets métalliques et du charbon chauffé au rouge, pour le nourrir après sa captivité.

Le duvet gonflait, sur tous les bras, sous le souffle de la brise matinale, qui, telle une main invisible, parcourait les arcs, les carquois, les flèches, les casques en cuir, et caressait les cous gelés des trois cents chasseuses. L'herbe, surabondante et folle, était si tendre sous les pieds qu'on eût dit marcher sur des pains à la vapeur. Dans une heure ou deux, le soleil l'aurait séchée, mais à présent, elle était encore trempée de rosée, comme couverte de duvet qui froufroutait sous les pas des jeunes filles. L'odeur qui montait du sol était printanière.

« Notez ceci, dit Sa Majesté à un historien de la Cour, en charge de la rédaction des Annales : quand les Tartares passaient, plus un brin d'herbe ne repoussait, mais au passage de nos amazones, ce sont leurs pieds délicats qui se noient dans les herbes. »

L'historien en prit note, mais il hésita à attribuer une identité précise à l'auteur de la sentence, car celui qui la lui avait dictée, vêtu d'une armure et d'un casque de cuir, n'était pas celui qui siégeait dans la chambre, portée sur le dos de quatre éléphants, qui était, aux yeux de tous, et depuis toujours, un trône sacré, magnifique, où seul le vrai Monarque, le Maître de la Chine, s'élevait, tout éclatant, au milieu de ses sosies, assis sur des chevaux de taille et de couleur identiques. Mais l'historien savait que le simple fait de formuler la question lui coûterait, sinon la vie, au moins quelques grades dans la hiérarchie.

Son embarras, traduit par un bref instant d'hésitation, amusa Sa Majesté, presque autant qu'il la surprit. « Que c'est facile de se faire passer pour un autre, songea-t-elle. Et dire que cet historien m'accompagne au quotidien, depuis des années. »

« Signe la Quinte Souveraine !

— L'Eau, le Thé, le Miel, le Lait, ou le Vin de la Quinte ? » demanda l'historien.

Le Souverain accusa un léger mouvement de flottement. Certes, il connaissait ces dénominations, mais il en oubliait parfois les distinctions, les précisions et les nuances.

« Le Vin, dit-il, et j'en suis fier. »

À peine un quart d'heure plus tôt (parfois, une minute suffit à changer une vie), une des crises de panique qui le saisissaient régulièrement à la gorge l'avait contraint à sortir de la chambre portée par quatre éléphants, sous peine d'être étouffé par l'angoisse, sa vieille amie d'enfance. À sa place, il avait fait monter un de ses sosies (était-ce l'Eau ? le Thé ? le Lait ? ou le Miel ?).

Il apprécia très vite la réussite de son subterfuge : personne ne se soucia plus de lui, et même le chef des Écuries Impériales ne remarqua pas sa véritable identité – des quatre chevaux qui servaient de monture à ses sosies, dont l'homme surveillait la mise en place des pesantes armures, le sien était le dernier.

L'angoisse qui l'avait menacé plus tôt avait fait place à la légèreté d'une aile, ou plutôt d'une plume d'oiseau.

Jamais la peau du rhinocéros blanc, dans laquelle était taillé son caparaçon, n'avait été si parfaitement lisse, si impeccablement blanche ; on eût dit que le chanfrein, la muserolle, la tonnelle et le garde-queue étaient, de même que ses meilleures pipes d'opium, sculptés dans de l'ivoire. Dans chaque partie du harnais, il croyait déceler l'odeur qui lui rappelait son enfance, l'odeur de l'éléphant après la pluie.

Son nez, il le savait, lui annonçait qu'il était en état de grâce, qu'il jouissait de ce moment où le monde extérieur lui était tout entier olfactif, où il était capable de flairer, en passant devant un officier, la sécheresse morne du cuir de Gobi de ses bottes, la souplesse du vélin de sa ceinture, la soie fine et lisse de sa veste trempée de sueur, sous son épaisse armure.

Il éprouva, tout à coup, un plaisir aussi vieux que le monde, celui d'être un Autre.

Il se mit à inspecter les visages qui l'entouraient, et surtout à scruter longuement ses sosies. L'avaient-ils reconnu ? Apparemment, se dit-il, ils ne savent pas que je les observe, que je fouille chacun de leurs traits, et que j'y décèle enfin ce qui s'y niche depuis si longtemps : l'envie furieuse d'être un Autre.

La jalousie lui rongea le cœur : comment se fait-il que je découvre seulement maintenant une chose si simple, qu'ils connaissent depuis tant de temps ?

Comme l'eût fait son sosie, il monta sur la selle qu'on lui avait préparée.

Il regretta seulement, du fait de son statut de Monarque, de ne jamais pouvoir être quelqu'un d'autre que l'un de ses sosies.

Le groupe de Sa Majesté partit une heure après celui des Femmes du Palais, car le vent, qui n'était déjà pas très fort, soufflait dans la mauvaise direction : les deux tigres dressés pour la chasse, enfermés dans une cage, sur un char, devaient être conduits à contre vent, afin que leur odeur ne fît point fuir le gibier, bien que les marais (le Jardin de Chasse impérial, calice embaumé au printemps, était une plaine marécageuse où, chaque hiver, la rivière Huai grossissait, débordait, charriant et déposant à son embouchure de bonnes alluvions) eussent délivré, toute la matinée, des odeurs de joncs et de carex.

À travers les herbes, des ruisseaux filtraient çà et là, des mares scintillaient sous les rayons du soleil. Après deux heures de marche et de recherches infructueuses, les amazones, le pas alourdi par le limon noir, se reposèrent sous la tendre dentelle d'un bois de glycines. Assises par terre, elles ôtèrent casques et armures, couverts de feuilles coupantes, d'épis et d'épines, et là où l'odeur des marais cédait à celle du bois, les effluves fauves de la sueur qui mouillait leurs chemises légères se mêlèrent aux senteurs de l'herbe fraîche, au parfum des fleurs sauvages et des orties colossales.

L'une d'elles, cherchant un coin pour uriner, suivit un ruisseau qui serpentait entre des brindilles, sortait du bois de glycines, et poursuivait son cours jusqu'à un bassin naturel, sur lequel s'épanouissaient des îles flottantes de nénuphars.

Elle s'y accroupit, face à un coquelicot magnifique, sans jeter un coup d'œil en direction des arbres qui entouraient le point d'eau, elle baissa son pantalon, mais, tout à coup, elle entendit des halètements puissants, semblant monter de la poitrine d'un fauve, derrière les lierres épais, qui se découpaient comme de la tôle vernie sur les arbrisseaux immobiles qu'ils embrassaient.

Son envie d'uriner disparut aussitôt.

Détachant son regard du beau coquelicot, elle aperçut une masse sombre, qui lui sembla géante. Tantôt nette, tantôt moins distincte dans la lumière oblique qui filtrait à travers le lierre, l'apparition était animée d'un mouvement lent et répétitif.

Voilà un des gibiers que l'on cherche, se dit-elle, le rhinocéros.

Elle ne se trompait point. C'était lui. Une corne jaillissait au milieu de son nez, comme un croc énorme, en forme de poignard. Un tremblement parcourut la peau épaisse et rugueuse de l'animal. Un spasme ? Pauvre bête, songea-t-elle, elle souffre. Mais pourquoi cette position si étrange ?

En effet, la tête pendante, le dos rond, le colosse trapu arc-boutait ses genoux, ses sabots à trois doigts comme enracinés dans la terre. Soudain, dans un élan, il s'arracha hors du sol, avec une force telle que le coquelicot en grelotta.

La fille leva les yeux, et un cri s'échappa de sa gorge.

Il y en avait un autre sur son dos !

La bête chancelante soutenait-elle un compagnon blessé ?

À peine cette idée lui traversa-t-elle la tête qu'elle se remémora une histoire qu'on lui avait racontée :

Un couple corpulent ne pouvait plus faire l'amour, tant le mari et la femme avaient, l'un et l'autre, un ventre énorme. Leur valet, qui venait de la campagne, leur suggéra d'essayer par-derrière. Le couple essaya la position avec succès, et en tira un grand plaisir. Ils demandèrent à leur serviteur comment il avait appris chose si merveilleuse, et le garçon répondit : en regardant faire les chiens de la ferme.

Un jet d'urine chaude creusa un sillon dans le limon noir, et contourna le coquelicot.

Pour le coup, ce n'étaient pas deux chiens, mais deux rhinocéros qui la prenaient à témoin de leur copulation. Les joues de la belle s'empourprèrent, comme si elle avait reçu une gifle. Pour cette jeune fille, élevée dans la pure tradition confucéenne, ce spectacle était une véritable agression morale.

« Quel scandale ! s'écria-t-elle. Ces sales bêtes sont en train de forniquer sous mon nez. »

Les deux coupables de cet attentat à la pudeur, bien que pris en flagrant délit, jouirent néanmoins d'une impunité divine. Non que les filles de l'Empereur manquassent de force, ou commissent des erreurs de tir (de vraies guerrières n'auraient pu mieux faire : pas à pas, elles avancèrent silencieusement vers les bêtes, elles se glissèrent entre les lierres, se cachèrent derrière les arbres, et, bandant leurs arcs, un œil fermé, l'autre vissé sur leurs cibles, elles tirèrent ensemble), mais aucune de leurs flèches ne parvint à transpercer la peau épaisse qui servait de rempart à la chair des rhinocéros.

Les filles ne s'attendaient pas à cet affront, qui, plus qu'insupportable, leur parut irréel : les deux protagonistes de ce scandale sexuel, tels deux ouvriers plongés dans un travail absorbant, poursuivaient, avec une insolence barbare, leurs branles en plein air, sans le moindre regard pour elles.

Parlons-en, du regard de ces deux bêtes, ou plutôt de leurs yeux, d'une petitesse inquiétante, car c'était chose impressionnante : on voyait ceux de la femelle, chaque fois qu'elle relevait la tête, des yeux d'aveugle, au regard totalement absent ; ceux du mâle, qui ne regardaient rien non plus, étaient révulsés par ses efforts à prolonger son plaisir (à en croire la mauvaise langue d'une Femme du Palais, plus expérimentée que les autres, les hommes faisaient de même pour ne pas éjaculer trop vite), ce qui lui donnait une allure d'agonisant ; c'était une vision de gibier mort, prêt pour l'équarrissage.

Pourtant, bien que petits et exorbités, les yeux du rhinocéros étaient beaux, et aucune des filles, fût-elle la plus cruelle, ne souhaitait vraiment l'achever.

Sortant de derrière les feuillages, elles avancèrent vers leurs proies par petits groupes, et tirèrent sur elles des rafales de flèches à bout portant, qui retombèrent dans l'herbe, comme de vulgaires fétus de paille. L'effet fut des plus spectaculaires : la nuque énorme du mâle, engoncée dans ses épaules, tourna, tourna, semblant entraîner tout le reste de son corps dans un mouvement qui ne consista finalement qu'à jeter un coup d'œil, à peine perceptible, vers elles.

La froideur contenue dans ce regard suffit à leur imposer un silence qui resterait gravé dans leur mémoire. Puis, il détourna la tête, avec la même lenteur. Pour lui, elles n'existaient plus. Oubliées, effacées.

Certaines, mieux situées que les autres dans la hiérarchie, tirèrent leurs épées, et le criblèrent de coups, mais sa peau était un bloc d'airain et de fer. Hurlant de colère, criant des injures, elles frappèrent de plus en plus fort, tandis que les autres, à mains nues ou du plat de l'épaule, essayaient de le déloger du dos de la femelle. Des épées furent cassées, des filles jetées à terre.

Jamais le rhinocéros ne leur adressa d'autre regard, mais son dédain pour elles, sinon pour tout le genre humain, transparaissait dans chacun de ses mouvements de va-et-vient, lents, patients, réguliers. Dans ce coït interminable, il montrait un parfait contrôle de sa respiration, une incroyable endurance physique, une connaissance aiguisée du corps de la femelle.

L'hypocrisie des chasseuses finit par céder le pas à la lassitude, à la fatigue et au voyeurisme. Brusquement, sans avertissement, la femelle se libéra de son partenaire et se mit à galoper, comme soûle. Une trop grande quantité de sexe peut en effet enivrer, non point à cause du sexe lui-même, mais de la folie qui y est contenue. Elle fit plusieurs tours du bois, pataugea dans les ruisseaux, renversa quelques filles sur son passage, avant de s'arrêter devant le bassin dont je vous ai parlé plus haut, et dont l'eau avait maintenant des reflets d'argent sous le soleil de midi.

Elle y plongea son mufle et but jusqu'à ce que le fond du bassin apparût et que le mâle la rattrapât. Il lui renifla longuement le derrière, comme si c'était là que se tenait le motif de sa folie, le secret d'un mécanisme qui lui échappait, et lentement, avec maladresse, il grimpa sur son dos. L'eau, remontant au fond du bassin, encercla les pattes de la femelle, à l'instant où le sexe de son partenaire lui offrait une nouvelle pénétration.

Ses genoux fléchirent, un tremblement de plaisir parcourut son corps. Dans le silence, on n'entendit plus que le murmure de l'eau et le battement des cœurs féminins.

VI

« Ce sera le plus beau jour de ta vie », se murmura à lui-même le Lait de la Quinte, le sosie élu de Sa Majesté, avant de poser le pied sur le premier degré d'une échelle de corde. L'estomac serré, le cœur ronflant comme un feu de forge, il jeta un coup d'œil vers « le Nid céleste » – la belle chambre en bois – qui, face au soleil, sur le dos de quatre éléphants, surplombait Sa Majesté et ses trois autres sosies à cheval, ainsi que la troupe des gardes et des eunuques.

Il se demandait s'il rêvait, tant il lui semblait avoir passé des années, sinon sa vie entière, à attendre ce jour.

Pas à pas, il grimpait vers la chambre, couverte, en dehors, de peaux de tigre, rayées de vermeil, de noir et de blanc, quand, soudain, une bouffée de parfum le saisit, par la porte entrouverte.

Il reconnut aussitôt l'odeur du santal. Sa Majesté tenait des collections impériales un sceau des plus précieux, datant de la splendeur des grands Tang, qui dormait depuis des siècles dans un coffret de cette essence, que les sosies étaient autorisés à approcher du bout du nez, pour le flairer, sans jamais pouvoir admirer l'objet qu'il contenait.

« Quand un très grand moine bouddhiste part dans l'au-delà, leur avait dit Sa Majesté, on dépose son corps sur un bûcher fait de ce bois précieux, imprégné d'huile parfumée. »

Le Lait de la Quinte s'arrêta sur le seuil du « Nid céleste » et en contempla l'intérieur : un immense lit se confondait avec la cloison que frappaient les rayons du soleil. Une lumière intense desservait les draps d'or battu qui recouvraient entièrement les murs, et son éclat faisait luire si fort les couvertures en soie jaune de la couche qu'elles en paraissaient argentées. Un oreiller de cristal brillait, une moustiquaire légère flottait autour d'un paravent bas, en laque sombre. Du bout des doigts, il effleura le bois du lit, puis il les sentit : c'était du santal.

Un quart d'heure plus tard, quand un eunuque monta lui porter du lait, il était un autre homme. Sa boisson de prédilection, le kumi, de son nom mongol, avait été préparée selon la stricte tradition des steppes du Nord, dont il était originaire : c'était du lait de jument noire, qui n'avait jamais pouliné, fermenté dans des cuves en peau de cheval. Pourtant, sa légère aigreur, qui piquait délicieusement sa langue depuis tant d'années, lui sembla avoir aujourd'hui un goût de lait tourné.

Le charme de son nouveau décor avait anéanti cette saveur dont il était fou, et changé son amour en répugnance, en aversion pour l'odeur trop forte qui s'en dégageait.

« Apportez-moi du vin, déclara-t-il à ses serviteurs. »

Aussitôt, on lui apporta une coupe en fine porcelaine, filigranée d'or, rehaussée d'une multitude de pierres de couleur, qui formaient un parterre de fleurs et de feuilles du plus bel effet, quand on versait du vin à l'intérieur.

Voilà. Je suis prêt. Commençons. Par quoi ? Peu importe. De toute façon, pas de vin chinois. Je le connais déjà. Sa Majesté en exige de la province de Liangzhou, point de départ de la Route de la Soie, un tribut annuel de dizaines de tonneaux. Il lui est arrivé de nous en faire goûter. Un breuvage de couleur verte. Comme celui-là, un vert clair de soie légère, aux transparences de cristal, un vert de fontaine profonde. Trop froid, le vin chinois. On ne le dirait pas tiré de la vigne, mais du fond gelé d'une rivière. Froid et sucré. Aussi sucré que le miel. Je n'aime pas le miel. Le Miel de la Quinte. Il est là, sur sa monture, à quelques mètres en contrebas de mon Nid Céleste. À qui parle-t-il ? À l'Eau ? Au Thé ? Au Vin de la Quinte ? Je ne sais jamais qui est qui. Peu importe. Le Miel est jaloux. Lui aussi meurt d'envie d'être dans le Nid. Et si je lui adressais un sourire aimable, en portant la coupe à mes lèvres ? Vois comme je le hume, ce vin ouzbek. Tu sais où est l'Ouzbékistan ? Ah ! le goût de pierre à fusil de ce vin blanc, un goût de désert. Celui de Tumusouk. Poussière, vent, sable, papillons desséchés… Mais peu importe. Ce que je hume voluptueusement, c'est le nectar de mon triomphe. Je m'en grise avant même de l'avoir dégusté. Regarde ce vin blanc, qui ondoie dans une coupe si fine que, quand le soleil paraît, je le vois tout entier au travers.

Et ce vin-ci, goûte-moi ce vin de Karakalpak. Ça, c'est du vin ! Ce liquide pourpre et vif, qui fait ressurgir, au creux de mon ventre, la main maladroite d'une bergère à laquelle j'avais confié mon petit oiseau d'adolescent, au sommet d'une meule de foin, sur un char à bœufs. Il faisait nuit. Je ne la voyais presque pas. Ma main, égarée dans son sexe, lui avait fait perdre la parole. Arrête-toi, mon ami. Tu ne vas tout de même pas te faire poète érotique. Quoique. Dans la Bibliothèque Impériale, il y a une collection d'ouvrages pornographiques illustrés, qu'on appelle les Livres Jaunes, à cause de leur couverture en soie de cette couleur. Que la vie serait magique, moi allongé sur le lit de santal, derrière le paravent laqué, la tête posée sur l'oreiller de cristal, un Livre Jaune entre les mains.

Qu'est-ce que cela donnerait, si je mélangeais du vin de Karakalpak avec un autre, celui de Perse, par exemple ? Non, ce vin couleur d'ambre est trop chaleureux, trop âpre. Pourquoi ne pas essayer avec du vin d'Irak, ou même de Turquie ?

Soudain, une rafale de vent roula sur toute la plaine, charriant jusqu'à l'intérieur du Nid Céleste les cris lointains des chasseuses.

Le chef des eunuques lui porta cette nouvelle : pour l'instant, on ne savait rien sur la cause de ces cris, mais Sa Majesté, pressée de secourir les belles, était déjà partie au galop, emmenant avec elle la troupe des cavaliers et les deux tigres.

« Trois de vos confrères sont restés, précisa l'eunuque.

— Mes confrères ? »

Le Lait de la Quinte sembla surpris par le terme. Écartant du bout des doigts le rideau de la fenêtre, il jeta un coup d'œil en dehors.

« Vous voulez dire mes sosies ? rectifia-t-il.

— Votre Majesté me pardonne d'avoir commis telle méprise, implora l'eunuque à genoux, en se frappant le front sur le sol. Je mériterais, pour ce crime, d'être décapité sur-le-champ. Trois de vos sosies demandent à rester près de vous, car la vitesse à laquelle vos éléphants progressent leur convient mieux que les mouvements brusques des montures au galop.

— Qu'il en soit ainsi ordonné », cria le Lait de la Quinte, en se souvenant de la formule.

Puis il ajouta :

« Faites préparer ma pipe préférée, avec des résidus d'opium. »

VII

Les nymphes chasseresses, pas plus que les deux rhinocéros qui avaient élu les eaux claires du bassin pour se livrer à leurs ébats amoureux, ne savaient qu'elles avaient pénétré au cœur du royaume de Nasso, rayé de la carte depuis des siècles, où, au milieu d'un grand lac – qui était aujourd'hui l'immense garenne de l'Empire –, avait vécu un peuple très ancien, le plus ancien de la race humaine.

L'un des premiers Chinois à traverser ce royaume fut Xuan Zang, le fameux moine voyageur de la dynastie des Tang, qui rapporta au monde l'existence de ce peuple étrange. Par pudeur, du fait de son statut de religieux, Xuan Zang n'avait pas évoqué ses aventures personnelles dans son chef-d'œuvre, *Notes de voyages*, et il fallait lire son *Voyage en Occident* pour en connaître la teneur : à l'entrée du royaume de Nasso, Xuan Zang, épuisé, s'était précipité vers une source qui avait l'apparence de toutes les autres trouvées sur son chemin. Le pauvre moine en avait bu comme s'il s'était agi d'une question de vie ou de mort. Mais, quelques secondes plus tard, l'individu qui avait relevé la tête de la surface de l'eau était devenu une femme, enceinte de surcroît. Ce n'était ni un rêve, ni une plaisanterie, mais une réalité cruelle, qui conférait à ce royaume un côté absurde et touchant. Xuan Zang avait fini par avorter d'une fille, car cette source de fécondation magique n'engendrait que des enfants de sexe féminin.

Voilà comment le peuple des Nasso, qui ne se composait que de femmes, se perpétuait sans recourir à l'acte sexuel avec un partenaire masculin.

Quant à sa langue, on eût dit l'idiome du paradis, sans voyelle, élément sonore évoquant la masculinité, seulement avec des consonnes, douces comme du velours, sensuelles, presque voluptueuses, et un unique mode verbal, le passif.

Chez les Nasso, on ne connaissait point les termes de parenté tels que père, fils, frère, mari, oncle, cousin, neveu, et on ignorait les notions de jalousie, de chagrin d'amour ou d'infidélité.

De même qu'il n'y avait pas d'hommes, le royaume était dépourvu d'animaux de sexe masculin, qu'ils fussent sauvages ou domestiques. On n'y élevait que des poules, truies, juments, vaches… Même les moustiques n'étaient que femelles.

Soit par désinvolture philosophique, soit par conviction politique radicale, les Nasso refusaient l'utilisation du mot *homme* et de tous les vocables qui définissent les rôles sociaux joués par l'homme. Ainsi, politicien, général, soldat, criminel, assassin, violeur… étaient inexistants dans leur vocabulaire. Seul le mot *amant*, comme si c'était le seul aspect positif de l'homme, figurait dans leur dictionnaire, un mot dont l'écriture représentait un être humain debout, avec, pour figurer la tête, un gros cercle sans yeux, ni nez, ni bouche, qui s'emboîtait sur un torse carré, deux traits comme de simples pailles pour signifier les bras, deux autres les jambes, et, au milieu, un membre dessiné avec un réalisme anatomique assez précis, duquel fusait un jet d'étoiles étincelantes. Le mot *amant*, qui se prononçait *tw*, était très proche du mot *zv*, qui signifiait paon, le seul oiseau mâle élevé à la cour de la Reine, élue démocratiquement sur les critères suivants : la quantité de ses flux menstruels (ceux de certaines candidates étaient de véritables marées) et la longueur de ses ongles, qui mesuraient parfois un mètre – quand la Reine levait la main, son poignet entrait d'abord en mouvement, et il ne fallait pas moins d'une minute pour que l'impulsion atteignît le bout de ses ongles, qui se mettaient alors à vaciller comme une danseuse aux pieds bandés, tenant à peine sur ses jambes. Et il fallait encore une bonne minute pour que le mouvement, un simple soulèvement de la main, s'achevât enfin.

Pour autant, le royaume des Nasso était-il une planète qui tournait sur elle-même et se moquait de l'univers ? Non. Du moins pas complètement, car la Reine, cette grande araignée de velours noir, tissant discrètement sa toile diamantine, envoyait nombre de ses sujettes se prostituer dans les royaumes voisins. La mission de ces prostituées royales consistait à repérer des mâles à la puissance sexuelle hors du commun, qu'elles ramenaient à la Reine. Non que la vie à la cour fût d'une vacuité telle qu'elle mourait de solitude, mais ces amants l'amusaient, au même titre que ses paons.

Les membres de ce réseau clandestin se reconnaissaient à un seul signe, sorte de symbole, de code secret :

leur bonnet d'homme. C'étaient de vraies professionnelles, instruites et calmes, qui ne laissaient paraître aucune émotion, pas plus devant un bel homme que face à certains phénomènes à la virilité exceptionnelle, qui faisaient l'événement dans des foires locales.

(Certains des amants qui avaient connu les faveurs de la Reine avaient profité de leur privilège pour boire de l'eau de la source de fécondité et avaient accouché d'une progéniture de sexe féminin.

N'ayant pas de mère nasso, les filles nées d'un amant étaient envoyées par bateau de l'autre côté du lac Wugou, où existait un autre royaume, portant lui aussi le nom de Nasso, mais qui n'était que le reflet du premier : les mêmes maisons, les mêmes habits, la même communauté de femmes à grands pieds, à ongles longs, qui transmettaient leur nom aux enfants et exerçaient sur eux une autorité absolue, mais pas de source de fécondation magique. Ces Nasso d'en face devaient donc recourir au moyen de reproduction classique : elles prenaient des voyageurs pour partenaires, et accouchaient d'enfants des deux sexes. C'est ainsi qu'y apparurent les mots fils, frère, oncle, neveu, chagrin d'amour, jalousie, etc., à l'exception du mot père, puisque aucun enfant ne savait qui était son géniteur.)

Quant au programme qui attendait les futurs amants, il nous est connu par un texte très ancien, rédigé par la première poétesse du royaume, aux tendances naturalistes très prononcées :

La première nuit, le futur amant royal monte dans une barque, qui le conduit au milieu du lac Wugou, où on le fait monter dans un autre bateau, celui de la Reine, avec qui il fait l'amour. Après cette épreuve, elle lui fait voir les crabes qui pullulent dans le lac. Éclairés par la lanterne de la souveraine, certains ont des reflets de cuivre et d'or. D'autres, encore mieux costumés, sont de véritables bijoux vivants, parés du vert éclatant de l'émeraude, ou du violet de l'améthyste, mais en général, ils sont d'un rouge métallique, à l'éclat aussi inoubliable que celui du rubis. L'amant est prévenu : s'il perd un jour les faveurs de la Reine, il recevra de sa main une cordelette de soie, avec laquelle il devra mettre fin à ses jours. À l'aube, son corps sera jeté dans le lac, pour nourrir les crabes, friands de cadavres. Au lever du soleil, ils seront là par centaines, mâles, femelles, adultes, nouveau-nés, gros, maigres, à deux pinces, à pince unique, qui se bousculeront pour arracher une part de ce festin. Certains fouiront dans la profondeur de son ventre, et s'attableront dans ses entrailles, tandis que d'autres s'enfuiront avec leur butin. Puis, lorsque, portée par la puanteur, la nouvelle se sera propagée plusieurs kilomètres à la ronde, on verra accourir les retardataires, dont les plus beaux sont les crabes violonistes, qui gesticulent en soulevant leur unique pince, grosse et asymétrique, mais peu performante en matière de prise. Excités devant semblable aubaine, ils se mettront à danser, non sans culbuter les autres convives, la pince animée de mouvements saccadés, dans une cadence frénétique, digne d'une parade amoureuse. Voilà pourquoi les crabes de ce lac sont les plus délicieux au monde.

Les amants, les matriarches, la source de fécondité, le royaume des Nasso et sa langue sans voyelles, tout disparut au fil des siècles. Sauf les crabes, attachés à cet endroit par un instinct sédentaire dont seule cette espèce est capable.

Mieux encore, ils s'y perfectionnèrent physiquement. Les mâles, toujours du même rouge, sécrétaient maintenant une substance chimique qui, au contact de l'eau, leur donnait des éclats moirés. Chaque soir, à la tombée de la nuit, on voyait des traînées lumineuses se dessiner, dans le crépuscule, à la surface des mares, des étangs ou des bassins ; les mâles allaient et venaient en s'agitant, flottaient sur l'eau, bombaient leurs carapaces, ces bijoux vivants, selon les termes de l'antique poétesse, puis repartaient dans un sens inattendu, en spirales, en volutes, serpentins et arabesques, figures de danse voluptueuse, signes amoureux qu'ils écrivaient sur l'onde comme des hiéroglyphes, au gré de leurs pulsions sexuelles, pour séduire les femelles.

Cette œuvre chorégraphique était imitée, aux heures de plein soleil, par les gerris, qui marchaient sur l'eau comme des acrobates, avec leurs deux paires de pattes, annelées de brun, qu'ils propulsaient à la façon des crabes, à cette différence qu'ils lançaient en premier leurs pattes latérales.

En scrutant l'eau d'une mare ou d'un étang, les nymphes chasseresses aperçurent même des perches, espèce qu'elles connaissaient bien pour en avoir tant vu dans le lac de la Cité Interdite, qui nageaient à la manière des crabes, et ces déplacements latéraux donnaient aux rayures noires de leur dos vert sombre des reflets éblouissants.

Même chose pour les épinoches. Ces petits poissons élégants, connus pour l'écharpe vermillon – leur nageoire –, qui flotte sur leur gorge, étaient eux aussi atteints de ce que l'on pourrait appeler le syndrome du crabe : ils nageaient de côté, et plongeaient de même. Quand un insecte aquatique pénétrait leur domaine, ils étaient avertis de l'invasion par les aiguillons de leur flanc droit, qui se redressaient. Ils n'en possédaient d'ailleurs point d'autre, ni sur le dos, ni sur le ventre, pas même sur le flanc gauche.

Ce syndrome du crabe, constatèrent les filles, était superbement incarné par une très jolie créature des marais. Son corps soyeux, du blond fauve, presque jaune, de la zibeline, était tacheté de violet et de vert, de chaque côté de l'abdomen – un abdomen d'araignée. Sa panse était volumineuse, mais lorsqu'elle marchait, son corps formait une pyramide qui se déplaçait latéralement, sur des pattes élégantes, parées de bracelets dorés. En y regardant de plus près, on remarquait une différence entre les pattes avant et les pattes arrière : chez ces araignées-crabes – car tel est leur nom –, les antérieures étaient plus musclées, plus puissantes, et elles se terminaient par un gantelet à doigts non séparés, qui inspirèrent, des siècles plus tard, la forme des gants de boxe.

Le syndrome du crabe parvenait même à emplir partiellement le ciel de couples qui copulaient de côté : deux serpents oiseleurs, que le printemps venait de dégainer, et dont les corps étaient encore couverts de lambeaux transparents, vestiges de leur mue, s'accrochaient à la cime d'un arbre, comme deux lianes suspendues se touchaient, s'enlaçaient, les hémipénis du mâle leur permettant un accouplement non seulement aérien, mais aussi latéral. Quelle performance ! Avec ses deux sexes de reptile, le mâle exécutait une danse acrobatique devant la femelle, qui l'approchait tantôt par la droite, tantôt par la gauche.

Et ces cigales, qui imitaient les vibrations imprimées dans l'eau par les crabes : le mâle faisait trembler sa timbale de stridulation, tout en cherchant l'orifice génital de la femelle, pour un coït latéral.

La liste des animaux qui, dans ce marais, copulaient de côté était longue : cochenilles, écureuils, gerris, loutres, pentatomes, poux, pucerons, punaises, lézards… Même les castors avaient abandonné leur position traditionnelle, la femelle assise sur le mâle, pour se convertir à l'amour « à la crabe ».

Ce phénomène révolutionnaire ne tarda pas à conquérir les belles, qui s'allongèrent autour du bassin pour se fondre dans le décor. Difficile de faire autrement. Difficile de ne pas s'allonger sur le flanc. Trop de bruits printaniers les assourdissaient, trop de couleurs les éblouissaient, trop de lumière les aveuglait, trop d'odeurs montaient vers elles. À quelques pas, les rhinocéros, dont l'accouplement était interminable, leur envoyaient à la figure leurs effluves voluptueux, leurs souffles tièdes, leurs haleines humides. Alors, comme des adolescentes, suffoquant, le corps gonflé, elles se livrèrent au plaisir de la masturbation.

En quelques semaines, elles avaient connu la grâce des Femmes du Palais, la comédie de la prostitution, la dureté et la discipline de l'entraînement militaire, et rien de cela ne leur avait tourné la tête. Elles étaient certes les filles glorieuses de l'Empereur, mais sans arrogance, ni orgueil ; elles étaient restées simples, modestes, l'esprit ouvert, et les animaux étaient devenus leurs bons professeurs. Que Sa Majesté soit la bienvenue sur la planète du Cancer, la nébuleuse du Crabe, la constellation du Rhinocéros !

Leur état fit sourire le monarque.

« Mes nymphes chasseresses et moi, s'amusa-t-il à déclarer à voix haute et théâtrale, sommes capables de mille corruptions plus dommageables et dénaturées que ne l'est la lascivité latérale. »

Les hommes chinois, aujourd'hui encore, disent volontiers des choses étonnantes, à la fois naïves et sophistiquées, prétentieuses et stupides, sur la valeur sacrée de leur semence, dont la moindre émission, selon eux, est une perte de force vitale, sauf s'ils parviennent à récupérer, au cours de l'acte sexuel, la même quantité d'énergie féminine Yin. Il va sans dire que l'émission de sperme au cours de plaisirs solitaires est, pour les Chinois, synonyme de suicide. Ils sont toutefois plus indulgents envers la masturbation féminine, car croyant bien connaître les femmes, ils s'imaginent qu'elles ont en réserve une quantité illimitée de Yin.

Ce jour-là, dans la bonne humeur dominante, Sa Majesté eut envie de faire une exhibition si chère à son cœur, celle de son érudition. Dieu seul sait combien était vaste le cerveau du Maître de la Chine, cet empire dont nul ne savait jusqu'où s'arrêteraient ses frontières, augmenteraient ses richesses, s'accroîtrait sa population de mandarins, de fonctionnaires, de soldats et d'officiers. Les connaissances de l'Empereur embrassaient aussi le domaine le plus hermétique, l'art de la Chambre à Coucher, et rien au monde, encore moins l'indifférence affichée par les filles, qui le prenaient pour un de ses sosies, ne pouvait stopper son élan pédagogique.

À petit trot, il passa devant elles à cheval, et certaines esquissèrent le geste de se lever, pour s'agenouiller devant lui.

« Qui de vous a déjà entendu parler du Su-nü-jing ?

— Pardonnez l'ignorance de vos humbles servantes, dit l'une d'elles.

— C'est un manuel ésotérique, reprit le souverain professeur, dans lequel la déesse Su-nü, la Fille de Candeur, enseigne à l'Empereur Jaune l'art de la Chambre à Coucher, qui renferme le Tout de la Voie Suprême, et suffit à lui seul pour atteindre à l'immortalité. »

Il s'interrompit, pour scruter le visage de celles qui le regardaient, perplexes, sans savoir où il voulait en venir.

« Voici les neuf positions fondamentales qu'elle lui a enseignées, que je vais vous énumérer une à une : la Culbute du Dragon, le Pas du Tigre, l'Attaque du Singe, la Cigale bien attachée, la Tortue qui monte, le Phénix qui voltige, le Lapin qui suce ses Poils, les Écailles imbriquées du Poisson, les Crânes aux Cous soudés. En tout, neuf positions, et c'est en les alternant que l'Empereur Jaune a commercé charnellement avec mille deux cents femmes, après quoi un dragon est descendu du ciel pour l'emporter jusqu'à la Demeure des Immortels. Mais je suis au regret de vous dire que, de ces neuf positions salutaires, pas une seule n'est comme la vôtre, latérale. »

Les filles, qui, tout en l'écoutant, le voyaient lever les bras pour illustrer par des gestes ces termes techniques, mystérieux, étrangement envoûtants, et prononcer chaque mot comme un gémissement d'extase, furent amusées par cette exhibition verbale, non dépourvue d'humour, un humour un rien pédant, certes, mais divertissant quand même.

Sa Majesté était enivrée par la beauté de son énumération. Déjà, une autre longue liste, tapie sur ses lèvres, n'attendait que de s'envoler vers son public.

« Dans un autre livre, signé par le Maître de la Grotte Obscure, le nombre des positions passe à trente. »

Et de les égrener, comme il l'eût fait des perles d'un chapelet :

« Un, l'Union Étroite. Deux, l'Inaltérable Attachement. Trois, les Ouïes de Poisson découvertes. Quatre, la Corne de Gazelle. Cinq, le Dévidage de la Soie. Six, le Dragon qui s'enroule. Sept, le Poisson Quatre-Yeux – un couple de poissons dont la queue est commune, mais dont le corps et la tête sont séparés. Huit, le Couple d'Hirondelles. Neuf, l'Union des Martins-Pêcheurs. Dix, les Canards Mandarins. Onze, les Papillons qui voltigent. Douze, les Canards qui volent à l'Envers. Treize, le Pin à Branches Basses. Quatorze, les Bambous près de l'Autel. Quinze, la Danse de Deux Phénix Femelles. Seize, le Phénix qui tient son Poussin. Dix-sept, le Vol des Mouettes. Dix-huit, la Gambade des Chevaux Sauvages. Dix-neuf, le Coursier au Galop. Vingt, le Cheval qui piaffe. Vingt et un, le Tigre Blanc qui bondit. Vingt-deux, la Cigale Brune collée à un Arbre. Vingt-trois, la Chèvre devant un Arbre. Vingt-quatre, le Mégapode ou Oiseau de la Jungle. Vingt-cinq, le Phénix qui joue dans la Crevasse de Cinabre. Vingt-six, l'Oiseau Roc qui s'élève au-dessus de la Mer. Vingt-sept, le Singe qui embrasse un Arbre en gémissant. Vingt-huit, Chat et Souris dans un même Trou. Vingt-neuf, Singe à la Troisième Lune de Printemps. Trente, Chiens courants, au Neuvième Jour de l'Automne. »

Il s'interrompit pour reprendre son souffle, après avoir balancé à son auditoire ces dizaines de noms, dont certains cliquetaient comme une liasse de chapelets sur un mur, ou comme des rosaires dans un tiroir, tandis que d'autres faisaient penser à des colliers d'agate, de bois de santal, de lapis, d'ambre, d'émeraude, de rubis, ou encore de perles, sur un cou svelte, blanc et parfumé.

La virtuosité de sa parole souleva un tonnerre de hourras, qui retentirent dans le bois et firent se retourner les rhinocéros, toujours accouplés.

« Parmi ces trente positions, reprit-il, il y en a une seule qui est latérale, la dixième, celle des Canards Mandarins. Laissez-moi vous réciter le texte du Maître : la femme, couchée sur le flanc, les jambes repliées, pose sa cuisse gauche sur la cuisse gauche de l'homme, couché derrière elle. Celui-ci glisse sa jambe gauche entre celles de la femme, et, du genou, il lui soulève la cuisse, pour introduire en elle sa Tige de Jade.

— Votre Excellence le Maître de la Chine, Empereur le plus majestueux, Vénéré Fils du Ciel, dit une fille, votre humble servante sans beauté ni mérite pourrait-elle dire un mot ?

— Parle.

— Merci de cette grâce. Les Femmes du Palais de la génération précédente, qui nous ont appris cette position-là, l'appelaient : le Jeu préféré de Confucius Paresseux.

— Il n'était pourtant pas réputé pour sa paresse.

— Si, c'est ce qu'on disait de lui vers la fin de sa vie, après ses échecs politiques, ses humiliations, ses voyages épuisants.

— Dis-moi, demanda Sa Majesté, l'air amusé. Comment vos aînées appellent-elles la position la plus commune, aux antipodes de la paresse : celle où l'homme est sur la femme ?

— Confucius Religieux.

— Elle a aussi un autre nom, enchérit une autre fille : Confucius Incorruptible.

— Explique-moi ça, dit l'Empereur.

— Confucius, dont la vertu était intégrale, s'opposait à toute forme de corruption. Entrer par la porte de derrière, expression synonyme d'intrigue, lui répugnait particulièrement.

— Et comment appelle-t-on la position, non moins courante, où la femme est dessus ?

— Confucius Avare.

— Pas tout à fait, corrigea une autre. Le nom complet est : Quand Confucius donne, il est prodigue ; quand il épargne, il est avare. »

Tout en parlant, les nymphes chasseresses agitaient leurs mains douces, gesticulaient et faisaient un vacarme tel qu'elles n'entendaient plus les questions de Sa Majesté. Le Monarque, à l'œil de qui rien n'échappait, remarqua que certains de leurs doigts, souvent le majeur, portant encore la marque de leurs plaisirs solitaires, rutilaient grassement sous le soleil.

Voici la liste des positions amoureuses qu'elles énumérèrent :

Confucius Moine.

Confucius bâtit dans l'eau un auvent de lotus, aux murs de lys, dans une cour de cyprès pourpres.

La plus haute cascade déroule sa nappe de cochenilles.

Le festin des abeilles.

Les épaules de Confucius, capables de porter un empire, ploient sous deux lotus d'or.

Confucius ne donne jamais l'éperon à un cheval qui trotte volontiers.

Le petit amble sautillant de Confucius.
Confucius trempe ses pieds dans un ruisseau de montagne.
Le mors écumeux de la monture de Confucius.
Le fifre de Confucius joue un refrain bête.
Le collier arc-en-ciel de Confucius.
Confucius cueille l'amadouvier dans le Ravin de Cinabre.
Confucius attelle deux dragons dans l'Île des Parfums.
De jasmin sa rame, d'orchidée sa pagaie, la jonque de Confucius s'envole.
Confucius conduit un char à dais de plumes de paon.
L'âme de Confucius chante sur les cordes de la lyre.
Confucius bébé.
L'oiseau égaré est revenu au bois.
Le chat et la souris partagent un trou.
La recherche des prunes perdues par Confucius.
L'âne de Confucius hésite.

Bien que Sa Majesté les écoutât avec un sourire de professeur amusé et indulgent, elle ne les laissa pas prolonger indéfiniment cette liste, sorte de long poème érotique, propice à l'éveil des sens, qui vous enveloppait dans un flou lascif, incertain, « entre pluie et brume », car, en matière d'acte sexuel, il est malaisé de décrire une position, presque impossible de résumer en quelques mots les tâtonnements, les rapprochements, les lueurs accumulées au cours de mois de recherche, d'attente, de patience et d'impatience.

« Malheureusement, décréta l'Empereur, ces positions, toutes plus excitantes les unes que les autres, ne sont que gymnastique inutile, à moins qu'on ne soit adepte de l'Alchimie Intérieure. »

Le croira-t-on ? Ce qui suivit si palpitante discussion fut un long moment de silence et de perplexité. Pour les belles, le mot « Alchimie » se rattachait à une croyance du Taoïsme, qui visait à l'immortalité physique, ou du moins à l'allongement de la durée de l'existence. Les subtilités de cette théorie, dont elles avaient entendu parler plus de cent fois, leur étaient passées au-dessus de la tête, mais si les termes techniques étaient pour elles restés lettres mortes, elles savaient néanmoins que la « Pilule d'Or et Cinabre », « Jin dan », était indispensable pour atteindre l'immortalité, et qu'elle résultait de la transmutation de l'or – en réalité, du mercure – à partir d'un mélange de cinabre, de plomb et de soufre, chauffé dans un creuset.

Une rumeur, qu'elles avaient maintes fois entendue, les plongeait dans la terreur, c'était le drame affreux du « cinabre humain », dont un moine, Alchimiste Officiel de l'Empereur précédent, père de Sa Majesté, était à l'origine : il avait fait venir au Palais des centaines de filles nubiles, de dix ou onze ans, pour recueillir le sang de leurs premières menstrues – un pur cinabre humain –, qu'il avait fait chauffer dans un creuset en bronze, afin de fabriquer une pilule d'immortalité. Les jeunes filles, à peine sorties de l'enfance, avaient mal supporté cette pratique étrange, et plusieurs d'entre elles s'étaient révoltées. Elles s'étaient cachées derrière les colonnes du Palais, ou couchées dans les jardins, de façon qu'on les prît de loin pour des broussailles, et, au passage de l'Empereur, elles l'avaient jeté à terre, et avaient tenté de l'étrangler avec des cordons de soie. Leur attentat manqué avait coûté la vie à des dizaines d'adolescentes impliquées dans la révolte.

Depuis, toutes les Femmes du Palais, dont nos nymphes faisaient partie, avaient en secrète horreur le mot Alchimie. Ce sentiment tenait à la fragilité de leur nature, à la concordance secrète entre l'espoir que la pilule avait suscité et la rapidité avec laquelle elle avait fait tuer. S'y joignait, en outre, une idée qui étayait leur angoisse : celle que la vie de filles, encore plus jeunes et parfois plus belles qu'elles, avait tenu à si peu de chose : quelques gouttes de leur sang.

Mais ce jour-là, dans le bois, elles comprirent qu'il y avait deux sortes d'alchimie : une qui était un œuvre matériel, l'Alchimie Extérieure ; et une autre, dont elles ignoraient tout, que Sa Majesté appelait Alchimie Intérieure.

Intérieure à quoi ? se demandaient-elles. Quelles matières intérieures remplaçaient-elles le cinabre, le plomb, le mercure ? Quel feu intérieur les transformait-il en élixir de vie ? Et qu'est-ce qui servait de creuset ?

Quel regret ! Nos débutantes étaient sur le point d'être initiées à un secret que l'Empire avait jusqu'alors mieux protégé que celui de la fabrication de la soie quand l'élan pédagogue du monarque fut fauché en plein vol, car, en dépit de la magie des termes alchimiques, il ne se payait pas tant de mots qu'on le croyait. Chez lui, l'action primait, et l'action qui se passait justement en face de lui, à quelques mètres, montait en intensité et en dramaturgie.

De ce duel entre les forces de l'humidité et celles de la sécheresse, son regard (perspicace pour certaines choses) ne pouvait se détacher.

VIII

INDICATIONS

Les protagonistes du duel :

Le camp de l'humidité : les citoyens du marais.

Le camp de la sécheresse : le couple de rhinocéros.

La lumière :

La Chine n'étant pas un pays tropical, la contrée marécageuse n'a pas d'arbres noyés dans la vase, ni d'insectes qui voilent la lumière du jour, comme autant de nuages. Nul besoin d'allumer des torches dans la journée.

Bien qu'on fût au début du printemps, la végétation traîne encore ses frileux habits d'hiver, mais le bois frémit sous le soleil, qui plaque des jaunes de brioche au bord du bassin.

Le son :

On sent peu l'odeur de la pourriture, mais l'air est cependant humide. Il est même très épais, ce qui donne un effet sonore troublant aux cris des animaux – protagonistes de notre scène –, qui perdent leur timbre naturel, faisant penser aux sons d'un orchestre qui continue de jouer, tandis que le navire sombre.

Le décor :

Un bassin naturel, ceint de joncs et de roseaux, qui forment une frange d'or et d'argent mat, soyeux, où libellules, taons et gerris s'envolent, folâtrent, composent des figures d'acrobatie. L'eau est profonde, mais on y devine des poissons. De son fond carrelé de pierres lisses, de toutes tailles et couleurs, montent des bulles vaseuses, de frais remous, qui se dissipent en volutes, comme la fumée sur un bâton d'encens. Détail important : des hordes de têtards noirs, qu'on prendrait pour des algues flottantes, nagent à la surface de l'eau, et, tout au long du duel, la femelle rhinocéros n'en peut détacher son regard. Ces larves à tête énorme, à torse mou, à membres grêles et tortillés, lui rappellent-elles son pays natal ? Tout à coup, en conservant sa posture amoureuse, elle effleure l'eau de son museau, et les têtards s'égaillent comme un éclair. Cela semble beaucoup l'amuser. Le calme revenu, elle crache avec une virulence soudaine, suivant des yeux le jet de sa salive, qui trace un cercle lent au-dessus d'un remous, pour finir sa longue trajectoire au milieu des têtards.

Prélude :

Le camp de l'humidité lâche des perdrix, dans le but de chasser les rhinocéros, ou du moins mettre un terme à leur accouplement.

Les oiseaux atterrissent dans les joncs et les roseaux. Ils les contournent, se rapprochent des mammifères, mais se contentent de les observer, perplexes, car, comme s'ils n'existaient pas, les deux autres continuent à coïter. Humiliées, les perdrix reprennent leur envol.

Deuxième tentative d'intimidation : une buse quitte la branche de bouleau depuis laquelle elle guettait, plonge dans le bassin, et en ressort, une couleuvre entre les serres. Puis elle plane lentement, comme suspendue au-dessus du rhinocéros grimpé sur le dos de sa partenaire. Le reptile balance dans l'air, son ventre d'airain scintille, de la vase noire en dégouline, mais les deux bêtes ne montrent aucun signe d'une baisse de régime.

Acte I

(Au bord du bassin, se lève un soldat de l'Armée de l'Air, considéré que le rat est un soldat de l'Armée de Terre, et la taupe, un fantassin, au pas pesant, aux pieds boueux de rongeur. C'est une gerboise, qui, avec toute la légèreté de ses longues jambes, fines comme deux allumettes, va affronter la masse du rhinocéros. On ne voit que ses pattes postérieures, car celles de devant, courtes comme des moignons, elle les cache contre sa poitrine, dans son poil roussâtre, de sorte qu'on dirait qu'elle n'a que des membres arrière. Elle prend son élan, les yeux saillants, le souffle retenu, et fait un saut de deux mètres et demi, qui la porte sur le dos du rhinocéros mâle, qui continue à forniquer et ne lui prête aucune attention.

(La gerboise se redresse et vacille sur ses jambes, désireuse de faire quelques pas sur ce nouveau continent, cependant, par nature, elle ne peut marcher, condamnée, dès sa naissance, à se déplacer par petits bonds.

(De la démarche périlleuse d'une échasse sautillant, la championne olympique du saut lance un appel patriotique.)

La gerboise

Il ne suffit pas d'y croire, encore faut-il le voir, mes chers compatriotes. Oui, c'est pourtant vrai : une gerboise debout sur deux masses monochromes de plusieurs tonnes, comme un oiseau au sommet d'une pyramide, un lutin surgi d'une boîte. Cet exploit individuel est amplifié, me semble-t-il, par la densité et la longueur du dos de l'intrus. Regardez cette masse puissante. Venez tous me rejoindre. Un choc vous attend, je vous assure, un choc existentiel, pour vous qui considérez l'humidité comme l'élément vital, sinon la vie elle-même. Car c'est au cœur d'un désert que vous allez atterrir. La sécheresse de la peau est totale ; le fond des crevasses, des sillons, des plis et des replis de leur épiderme ne présente pas la moindre trace humide. Ce sont des bêtes qui jamais ne transpirent. Je les plains, des extraterrestres qui se prennent pour des champions du coït. Venez leur donner une leçon d'humidité, arrosons-les de nos sécrétions, sueur, salive, et semence, fruit de notre jouissance.

(Un concert de cris éclate, que les deux rhinocéros écoutent, mi-rêveurs, mi-éveillés.

(Dans un saut périlleux, la gerboise atterrit sur la corne nasale du mâle, mais même cet acte de bravoure ne parvient à interrompre, ne serait-ce qu'une seconde, le jeu amoureux des deux montagnes.)

LA GERBOISE

Je déclare solennellement l'ouverture du duel entre « la Sécheresse » et « l'Humidité ». J'affirme que l'athlétisme érotique – jugé sur la durée de l'acte, la puissance de l'éjaculation, la quantité de semence, son efficacité fécondante – peut procurer des joies de haute qualité, tant sensuelles qu'esthétiques. Certes, les prouesses sexuelles sont plus faciles pour nos adversaires, ces géants secs, insensibles, venus du désert, que pour nous, nourris de sève, de mousse et de boue. Mais, dans toutes les réunions d'athlétisme érotique, une poignée de héros de notre camp offrent toujours un spectacle accompli, qui n'a pas, du point de vue sportif, moins d'intérêt que dans l'athlétisme classique, ceci étant vrai au Jardin de Chasse plus encore que dans les autres lieux de l'Empire.

(Pendant qu'elle parle, des concurrents commencent à entrer en lice : d'abord, un pinson se pose, dans un tourbillon,

sur le dos du rhinocéros mâle, et se met à chanter, la poitrine gonflée, la huppe frémissante, une mélodie qui, des siècles plus tard, deviendra le grand air du Mariage de Figaro. *Une femelle l'entend, et fait plusieurs bonds en l'air, avant de le rejoindre, pour lui offrir son derrière. (Dans la famille ornithologique, on assiste à un accouplement de mésanges, dont la femelle est connue pour sa nymphomanie, ainsi qu'au jeu érotique d'un couple de piverts, dont le mâle, au plumage très vert, et à la tête chaperonnée d'écarlate, pousse, à chacun de ses triomphes contre une éjaculation précoce, un triple cri ; les trois coups d'un théâtre de fées. Puis, c'est un martin-pêcheur qui plonge dans le bassin, d'où il réapparaît, un poisson au bec, avant de s'élancer sur le dos du rhinocéros, pour rejoindre sa compagne à qui il porte sa proie. Pendant que la femelle savoure son cadeau, il accomplit une longue prouesse sexuelle. C'est de loin le plus bel oiseau du pays, nul autre dans ce marais ne peut se mesurer à lui pour la richesse et l'éclat des couleurs, et lorsqu'on voit ces petits oiseaux copuler, avec leur plumage arc-en-ciel, paré du brillant de l'émail et du lustre de la soie, on se demande comment la Nature a réussi si délicate création. À côté, le héron mâle qui, en amour comme en vol, a assez d'une patte et replie l'autre sous son ventre, est sans doute, de tous les athlètes ailés, le plus performant et le plus apte à défier la suprématie du rhinocéros, en matière de durée. Sa silhouette boiteuse se cramponne à celle d'une femelle, dans une immobilité si complète qu'on les prendrait pour des oiseaux en bois, fichés sur le dos du mammifère.)*

LA GERBOISE *(à un alyte, apparu à côté d'elle)*

Bravo ! Bienvenue à notre baryton, qui vient chanter sur cette corne de diable. Je n'aime pas du tout votre surnom de « crapaud accoucheur », car nul crapaud ne sait chanter, sinon quelques notes métalliques et courtes. Vous, je vous nomme toujours avec respect « Monsieur l'Alyte ». Grande est notre planète, profonde la voix d'un alyte ; à trente lieues, on vous entend, c'est un cor qui se prolonge.

L'ALYTE

Laissez-moi contempler ce spectacle : la lumière pénètre dans le bois, mes yeux confondent les contours des arbres qui s'agitent dans le vent, c'est une grâce divine, et chaque herbe, habitée par cette grâce, brille comme un saphir. Les silhouettes de mes compatriotes se profilent dans l'arène. Un sentiment d'excitation m'étreint, bien que je reste à l'écart de cette partie de débauche collective. L'Humidité, cet élément vital, se spiritualise, se sublime devant moi. Quelle représentation à la fois immatérielle et puissante. Avez-vous déjà assisté à la mue d'une crevette grise ? C'est exactement comme cela : elle se débarrasse de son armure de crustacé, sa cuirasse de chasteté. Quel déshabillage érotique, à l'issue duquel son corps de toute première fraîcheur accepte, pour la seule fois de sa vie, de s'accoupler à celui d'un mâle.

LA GERBOISE

Ciel ! Regardez ! Je n'ose y croire, mais c'est elle – il lui suffit de lever en panache sa queue touffue, et tout le monde la reconnaît – la Reine des écureuils.

L'ALYTE

Elle me rappelle toujours une vieille chanson : « Du panache ! Du panache ! Un parasol majestueux, non pour se défendre du soleil ou de la pluie, mais pour s'épanouir au-dessus de la tête de l'écureuil. »

LA GERBOISE

Je l'adore, quand elle prend, en un rien, son air de tête pour répondre aux ovations du public. Mais là, qu'est-ce qu'elle fait ? C'est scandaleux !

L'ALYTE

Elle s'allonge à plat ventre, relève légèrement… Ah, ce spectacle devrait être interdit aux adolescents, car il faut désigner les choses par leur nom, ce qu'elle relève, doucement, c'est une croupe attractive.

LA GERBOISE

Est-ce que vous voyez, là, cet autre écureuil qui fait son entrée en scène ?

L'ALYTE

C'est Hamlet, son fils.

LA GERBOISE

Pauvre prince, il tremble de honte, à voir sa mère dans cette position.

L'ALYTE

Non, il ne sait pas ce qu'il voit. Il tremble parce qu'il vient de tuer son oncle, qui est aussi son beau-père. Il faut un œil riche d'expérience pour discerner les taches de sang laissées sur sa robe de velours noir, à reflets bruns. Regardez bien, on voit une traînée rouge, assez nette, sur sa cuisse, là où son pelage est plus clair. Il tremble aussi car il sait que le spectacle qu'il va donner sera celui d'un sanglant matricide.

LA GERBOISE

C'est affreux ! Elle ne l'a pas vu. Elle veut seulement qu'on la baise.

L'ALYTE

Hamlet s'avance vers sa mère, et soudain, tout le bois se tait, même les rhinocéros ne bougent plus. Quel silence, on n'entend que les bulles d'eau dans le bassin. Le prince lève les bras, il va étrangler sa mère de ses mains vengeresses. Attendez !

LA GERBOISE

Qu'est-ce qui se passe ?

L'ALYTE

À l'instant de l'étrangler, Hamlet, bien que dans un état second, se souvient de la vieille coutume de son peuple : après avoir copulé, tous les écureuils mâles laissent un bouchon de résine dans le vagin de la femelle, sorte de ceinture de chasteté, que lui ou son successeur enlèvera au moment de la copulation suivante. Ce rappel met notre prince dans un embarras terrible, car il réalise que, dans la croupe frémissante de sa mère, se trouve encore le bouchon d'infamie laissé par son oncle, qu'il lui faut ôter à tout prix. Mais cela se révèle plus difficile que de l'étrangler. Il s'agenouille, face à ce qui fut son origine, sinon celle du monde, et qui dégage des effluves de marais, non le marais au bord duquel on se trouve aujourd'hui, mais celui du Royaume des Nasso, autour duquel, sur des fougères semblables à des barbelés, s'accrochaient les cadavres de leurs amants, dévorés par des crabes rouges. Hamlet hésite, sa volonté de tuer s'évanouit dans cette odeur marécageuse. Soudain, il enfouit sa tête entre les cuisses de sa mère, sa langue entame une recherche à la fois interdite et métaphysique dans ce labyrinthe obscur. Son manque de connaissance anatomique – oui, le prince vengeur est encore puceau – rend sa recherche plus longue. Enfin, sa langue parvient à localiser un écueil, c'est le bouchon criminel, mais ses dents claquent trop nerveusement pour remplir efficacement leur mission de tire-bouchon. La maladresse et la violence d'un mouvement – peut-être amoureux – les font dégringoler, lui et sa mère, du dos du rhinocéros, comme deux amants inséparables.

(Quelle descente ! À plusieurs reprises, Sa Majesté, spectateur attentif du premier acte, a l'impression d'entendre l'écho de leurs cris à travers des ténèbres pestilentielles. Peut-être sont-ils déjà au purgatoire ? Du moins, ils sont dans un autre monde.

(Mais leur chute accidentelle ne signifie pas la défaite du camp de « l'Humidité », loin s'en faut. Avec un courage inébranlable, d'autres athlètes reprennent le flambeau des écureuils, et donnent de glorieux assauts à la montagne des rhinocéros.

(Parmi les premiers à entrer en piste, il y a d'abord un couple de canards qui, sans perdre une seconde, goûtent les heureuses prémisses de l'amour, se tordent, en se piquant de leur bec rouge. Le mâle, muet, vigoureux, au plumage vert métallique, se dandine, se rengorge, exhibant ce qui fait défaut à d'autres races de canards – ses cousins –, fous de jalousie : une sorte de sexe masculin, une imitation de pénis.

(À côté des canards, on voit quatre grenouilles, plus précisément trois mâles et une femelle. Fidèles à leurs mœurs, les mâles se livrent une lutte sans merci. Le premier qui réussit à grimper sur le dos de la femelle soutient les assauts terribles de ses rivaux, il combat avec passion pour défendre sa conquête, et le droit exclusif de sa position.)

Acte II

(L'avance dont jouit le camp de « la Sécheresse », si l'on considère que la chute de Hamlet a donné l'avantage à ses adversaires, s'évanouit en un coup de vent : un effluve fauve, chargé de menace, passe entre le couple de rhinocéros. Ils tressaillent. De peur, le mâle cramponne lourdement le cou de sa partenaire. Figés dans leur accouplement, ils n'osent plus bouger, ni l'un ni l'autre.

(Le camp de « l'Humidité » n'est pas moins horrifié par cette odeur : le couple de canards s'enfuit, et le fracas craquetant de leur envol accable les oreilles. Dans le groupe des grenouilles, les trois mâles, qui se disputaient les faveurs de la femelle, s'immobilisent d'un coup sur son dos, glacés par l'effroi, en un amoncellement qui les fait ressembler à des automates, dont les ressorts se seraient brusquement brisés.

(Voilà un grand char – qui, à cause du mauvais état des sentiers, arrive bien après Sa Majesté –, tiré par six chevaux, chargé d'une cage en fer de deux mètres cinquante de côté, aux barreaux larges comme la main, derrière lesquels un couple de tigres, dressés pour les chasses impériales, affamés depuis des jours, montrent leurs têtes de tueurs, les babines retroussées sur des dents redoutables.

(Sitôt soulevée la grille de la porte, les deux félins s'élancent vers le bois, et du bois vers le bassin naturel, comme deux flèches lumineuses, traçant sur le fond sombre des feuillages deux courbes, fulgurantes, qui s'arrêtent à quelques pas des rhinocéros.

(Quels prédateurs ! Les tigres se couchent, et envisagent longuement leurs proies, avant de bondir dessus. Dans cette phase d'observation, la laideur – celle du rhinocéros est une perfection en la matière – les fascine, non, plus que cela, elle les réjouit. Une réjouissance qui n'a rien à voir

avec la soif de tuer, le goût de l'horrible, mais qui est fierté et amour de soi, conscience de sa propre beauté, et si je vous dis, chers lecteurs, les noms que leurs gardiens ont attribué aux deux spécimens de l'Empereur – nom qu'ils n'ont pas manqué de marquer sur leur cuisse –, vous n'en serez nullement étonnés : le tigre a été baptisé Narcisse de Vie, la tigresse, Narcisse de Mort.

(Ce rappel de leur beauté, imprimé sur leur peau, les plonge dans l'ivresse, et leur fait oublier la faim, quand ils lèchent, de leur langue râpeuse, leur somptueuse robe jaune, rayée de noir.

(La répétition de ces lèchements, presque des baisers, fait ressortir leurs noms. Rien ne peut mieux les emplir d'extase.)

LE TIGRE

Je croyais, jusqu'à ce jour, que l'Homme – par là, j'entends aussi la femme – était l'animal le plus vilain du monde, dont seuls quelques individus, échappant à cette laideur qui leur est propre, sont à peine dignes d'être les pourvoyeurs de nos repas. Mais là, je découvre avec surprise qu'il y en a de pires, visiblement.

LA FEMELLE RHINOCÉROS

Ils parlent de nous. Que disent-ils ?

LE RHINOCÉROS MÂLE

C'est du chinois.

(La femelle baisse la tête pour se désaltérer, mais un frémissement d'effroi lui fait boire de l'eau par le nez, et elle éternue si bruyamment, qu'on dirait que de son crâne va jaillir sa cervelle.)

LE TIGRE

Dieu vous bénisse.

LA TIGRESSE

À vos souhaits.

(Retenant leur souffle, les rhinocéros n'osent répondre. Certaines grenouilles sont projetées en l'air par la puissance de l'éternuement, et les survivantes de ce séisme désertent prestement le lieu de la compétition. Au passage, l'une d'elles est capturée par la tigresse.

(Entre ses pattes énormes, dont les griffes, comme autant de redoutables cimeterres, ne cessent de sortir et de rentrer, la grenouille, bigarrée de vert et noir, tremble, à juste titre, pour son sort. Gonflant à fleur de peau la membrane tympanique de son goître blanc, elle chante de son mieux pour amuser sa ravisseuse : croa, croa. La tigresse soulève la pauvre captive et l'approche de sa gueule. On ne saurait dire, en cette fraction de seconde, si elle veut goûter sa chair ou simplement sa voix.)

LE TIGRE

Serais-tu devenue myope, ma chère Narcisse ?

LA TIGRESSE

Tu pousses trop loin la jalousie. Dois-je te rappeler, encore une fois, que mon nom complet est : Narcisse de Mort ? Un nom beaucoup plus noble que le tien, Narcisse de Vie.

LE TIGRE

Il est merveilleux qu'avec un tel nom, tu puisses caresser un autre que toi-même d'un regard si affectueux, d'autant que ce pauvre clown ne sait rien faire d'autre, pour sauver sa peau, que gonfler sa gorge et imiter le pigeon à la saison des amours. Il ne sait pas chanter.

LA TIGRESSE

Ne t'arrive-t-il jamais, Narcisse de Vie, de contempler autre chose que toi-même ?

LE TIGRE

Non. Quand on aime la vie, qu'on est la vie même, on agit et réagit, mais on ne contemple rien, hormis son propre reflet.

LA TIGRESSE

Pas même une pomme de pin ? Quand tu te promènes dans une sapinière, que tu entends un craquement sec, comme surgi de nulle part, et que tu vois une pomme de pin desséchée par le temps, ou brûlée par le soleil, sur laquelle suinte une semence blanche, épaisse.

LE TIGRE

Il m'arrive effectivement de m'amuser avec une pomme de pin, dans ma cage.

LA TIGRESSE *(à part soi, méditative)*

J'aime contempler mon image dans l'eau, c'est une manière d'exercice, une occasion d'apprendre bien des choses. Plus longtemps dure ma contemplation, surtout au printemps, plus mes yeux parviennent à discerner, malicieusement enfouis dans les joncs et les nénuphars, des chapelets de frai de grenouilles. Ces minuscules perles noires, qui se transformeront en larves à grosse tête, et plus tard en batraciens, se mêlent à mon reflet, s'amusent avec mon image, s'entretiennent avec moi, comme en rêve. Ces entretiens ne sont pas rendus plus difficiles par le fait que je suis un fauve. Je regarde à travers l'eau miroitante comme à travers un verre, où se rencontrent le frai, le têtard, la grenouille, et je me vois devenir tantôt l'un, tantôt l'autre. Je me demande comment la Nature peut donner au monde, après avoir créé le tigre et le lion, aussi splendide créature.

(La tigresse passe la grenouille à son compagnon, qui l'examine.)

LE TIGRE *(il crie)*

Une grenouille eunuque ! C'est un mâle castré.

LA TIGRESSE

Les grenouilles sont la race la plus heureuse du monde, pour ne pas dire élue de Dieu. Est-ce qu'une grenouille femelle souffre, dans son enfance, de découvrir un pénis, visible de manière frappante et bien dimensionné, chez un frère ou un compagnon de jeu ? Non. Est-ce qu'elle connaît ce traumatisme qui fut le mien en le comparant avec son propre organe, petit et caché ? Non. Est-ce qu'elle vit, comme moi, cette blessure intime comme une punition ? Non. Est-ce qu'elle a jamais dû faire le constat que toutes les femelles sont privées de « ça ». Non, puisqu'elle n'a jamais vu, autour d'elle, un seul pénis, car, et c'est aussi simple que cela, les grenouilles mâles n'en ont pas. Aussi n'accuse-t-elle jamais sa mère de l'avoir fait naître sans organe génital complet.

LE TIGRE

Ah ! Le fantasme du phallus.

LA TIGRESSE

Insinues-tu que ma souffrance d'enfant était imaginaire ?

LE TIGRE

D'un point de vue psychanalytique, oui (excuse-moi de laisser mes lèvres échapper ce concept qui ne fera son apparition que dans quelques siècles. Car si toi, tu regardes l'eau comme à travers un verre, moi – pardon de ne pas parvenir à me référer à autre que moi –, il m'arrive de voyager à travers le temps, et de m'entretenir avec les penseurs anciens aussi bien qu'avec ceux qui maîtrisent déjà les formidables découvertes des siècles futurs. Des entretiens où je suis tantôt contemporain de Confucius, tantôt de Freud, tantôt de notre siècle). Du point de vue de la psychanalyse, disais-je, la victime du fantasme phallique succombe à l'envie du pénis, ce qui explique l'attirance de la petite fille pour son père. Mais ton cas est unique, on peut presque le qualifier d'anti-freudien, anti-lacanien, anti-chrétien, pour ainsi dire anti-occidental, anti-civilisationnel. Il constitue le motif déterminant et spécifique qui explique ton narcissisme morbide. Un narcissisme intégriste, suicidaire, dont le martyr se jette à l'eau pour embrasser son reflet.

LA TIGRESSE

Te moques-tu de moi ? Je veux te dire une chose : tu n'es pas un vrai Narcisse, tu en salis le nom, tu es un égocentrique, à tendance mégalomaniaque, qui ne sait même pas ce qu'est le Narcissisme.

LE TIGRE

Les Narcisses de Mort déjà mortes, je ne les plains pas, je les envierais plutôt, mais je plains fort les Narcisses de Mort qui ne sont pas encore mortes, ni même mourantes, toi, par exemple. Quelle douleur pour toi, et que je l'aurais partagée…

(Soudain, il interrompt sa phrase, car il croit entendre un soupir. Son regard scrute les alentours, avant de se focaliser sur la grenouille mâle.)

LE TIGRE

Le pauvre, c'est lui, le castré de naissance, qui pousse le soupir que j'ai cru t'entendre murmurer.

LA GRENOUILLE MÂLE

Le ciel est immense, le monde vaste, l'eau profonde. Y a-t-il quelqu'un qui me plaint ?

LA TIGRESSE

Tu parles, mon petit ?

LA GRENOUILLE MÂLE

Je me fiche de mourir, mais quel regret que le camp de « l'Humidité » ait perdu.

LA TIGRESSE :

Perdu contre qui ?

LA GRENOUILLE MÂLE

Contre le camp de « la Sécheresse », ces deux masses qui disputent avec nous, habitants du marais, le titre de vainqueur.

LE TIGRE

Et quelle est l'épreuve ?

LA GRENOUILLE MÂLE

La durée d'un coït.

(À peine le tigre a-t-il entendu qu'il se lève d'un bond, et se frotte contre la tigresse. Celle-ci apparaît elle aussi enchantée par la perspective de gagner le concours, ne serait-ce que pour s'amuser. Elle ajuste sa position, s'allonge sur le sol. Sa large croupe, dont la robe fauve, rayée de noir, dessine les formes éblouissantes, se soulève, frémissante.)

LA GRENOUILLE MÂLE

Je n'ai rien encore entendu de plus suave que vos ronronnements de plaisir.

LE TIGRE

Dieu bénisse le camp de « l'Humidité ». En matière de sexe, je vous l'assure, on n'est pas des tigres en papier, comme dira plus tard le Président Mao.

LA GRENOUILLE MÂLE

Cette expression m'intrigue.

LE TIGRE

Elle veut dire que nous sommes de vrais tigres, dignes de ce nom, même si nous sommes instruits et intellectuels. Vous verrez.

LA TIGRESSE *(à la grenouille mâle)*

L'intellectualisme ne l'a pas empêché de gravir les échelons dans le domaine sexuel, bien au contraire. Tout le monde sait qu'en plein acte il demande à sa partenaire : dis-moi avec qui tu fais l'amour.

LA GRENOUILLE MÂLE

Même moi, je connais la réponse : avec Narcisse de Vie.

LA TIGRESSE

Toutes ses partenaires commettent cette même erreur, et lui les corrige à chaque fois : non, tu dois dire : « Je fais l'amour avec l'un des dix plus grands phénomènes sexuels du monde. »

LE TIGRE *(imitant la voix et l'accent du Président Mao)*

Les rhinocéros sont de vrais champions du sexe, et ils l'ont montré. Mais s'ils nous disputent la durée de l'acte sexuel, ils se changeront en rhinocéros de papier. Parce que la plus désastreuse sécheresse du monde ne peut rien contre deux Narcisses, qui, par définition, sont des esprits de l'eau, donc de « l'Humidité ».

(**Note de l'Auteur** : chers lecteurs, je vous prie de bien vouloir excuser, avec cette indulgence dont vous avez fait preuve jusqu'ici, un petit écart stylistique ; très récemment, j'ai lu les Mémoires du prince Hamlet, protagoniste de l'acte précédent, bel écureuil qui, par chance, a survécu à la chute qui eût pu être fatale, et son témoignage me semble mériter d'être cité :

... *Les rhinocéros restèrent silencieux, sans protester contre cette remise à zéro des compteurs, entre les deux parties – qui aurait mérité une vraie bataille judiciaire –, comme si la magnifique première mi-temps, si spectaculaire, si âprement disputée, n'avait tout simplement pas eu lieu.*

Ce duel, que tous les chroniqueurs du Marais, quelle que soit leur tendance politique, s'accordent à qualifier comme celui du siècle, si ce n'est de tous les temps, dura deux heures, pendant lesquelles je m'endormis à plusieurs reprises. Par moments, aussi discret qu'un prince détrôné, amer, anonyme, je me dressais à la cime d'un tilleul. À travers le feuillage, j'assistais à leurs ébats, qui exhalaient une odeur fort âpre, dans laquelle je discernais celle des rhinocéros, qui se mêlait à celle, farouche, des tigres, difficile de dire laquelle était la plus sauvage et cruelle. L'odeur mauvaise, corrompue, impudique, qui offensait mes nobles narines de prince, du foutre des mâles et des béances énormes des femelles.

J'observais la scène, en spectateur haut perché et lointain. Vus par moi, les deux couples de bêtes semblaient deux larges taches, l'une grise, l'autre jaune. Je n'aurais pas cru être en présence de créatures vivantes, si je n'avais vu une horde de poissons arroseurs entourer les rhinocéros, qui montrèrent un premier signe de défaillance, d'« humidité ». Goutte à goutte, les sécrétions de la femelle tombèrent par terre, sur une feuille d'arbre.

Je fus intrigué par cet effort collectif des poissons arroseurs. Non que je n'en eusse jamais vu, mais je savais qu'ils ne dansaient qu'au jour du frai, quand, dirigés par une atavique boussole, les mâles accomplissent des bonds acrobatiques, pour se poser sur une feuille quelques instants durant lesquels les femelles exécutent une chorégraphie sautillante, véritable ballet, dont me reste en mémoire la partie la plus brillante : elles s'épanouissent hors de l'eau avec une gracieuse mollesse, et, tout argentées, scintillantes, elles fixent leurs œufs sur la feuille.

Ce jour-là, je mis un long moment à comprendre que ce rituel prodigieux était dédié à la victoire du camp de « l'Humidité ».

Bien qu'il fût trop tôt, car le coup de gong final n'avait pas encore retenti, personne – pas même moi – ne doutait que, si la logique était respectée, les rhinocéros allaient s'écrouler d'un moment à l'autre, et les tigres, fidèles à leur réputation, remporter le trophée tant convoité.)

LE TIGRE

Dis-moi avec qui tu fais l'amour.

LA TIGRESSE

Avec un simple tigre.

LE TIGRE

Non ! Je te demande de répondre sérieusement.

LA TIGRESSE

D'accord, ne te fâche pas, je vais te répondre : moi, Narcisse de Mort, je fais l'amour avec la version positive du Narcissisme.

LE TIGRE

C'est vraiment très drôle.

LA TIGRESSE

Attends, pour réciter ta formule fétiche, il faut que je reprenne mon souffle : je fais l'amour avec l'un des dix plus grands phénomènes sexuels du monde ! Bon sang, que c'est long !

LE TIGRE

Je te corrige : après un tel duel, que je vais remporter contre « la Sécheresse », ce n'est plus avec l'un des dix, mais des cinq plus grands du monde, que tu auras fait l'amour.

LA TIGRESSE

Qu'est-ce qui t'arrive, tu trembles ?

LE TIGRE

Ne bouge plus… Ce n'est pas vrai… Incroyable… J'ai foutu.

LA TIGRESSE

Foutu quoi ? Tu me fais peur. Tu veux dire qu'on est foutu ?

LE TIGRE

Malheureusement oui. Mon foutre s'est échappé pendant que je m'attribuais un nouveau classement mondial.

LA TIGRESSE

Un classement mondial, mon cul !

(L'athlète qui succède aux tigres, pour défier la suprématie des rhinocéros, est un adepte de l'Alchimie Intérieure.

(Dans l'accouplement, le profane ne voit que mouvements vulgaires, là où les alchimistes intérieurs savent la part d'inspiration divine : le sperme étant ce que nous sommes, chacun de nous est capable de le transformer en une pilule de longue vie. Vous réalisez l'immense pouvoir qui est accordé à un homme ?

(Notre challenger, après des années d'initiation et d'entraînements assidus, est parvenu à une maîtrise satisfaisante, son éjaculation n'est plus soumise à la loi du désir. Plus précisément, il n'a plus éjaculé depuis huit ans. Selon la doctrine classique de cette science, s'il réussit à atteindre neuf ans, c'est-à-dire un an de plus, il pourra faire partie des heureux élus du « petit cycle », dont le nombre est extrêmement restreint. Moins il y a d'initiés, plus les mystères sont sacrés. Même lui, il a seulement entendu dire que le « petit cycle » signifie l'effacement de la forme extérieure du corps de l'alchimiste, durant l'acte sexuel : telle une maison sans façade ni intérieur, avec seulement ses canalisations qui se dressent sur le ciel bleu, le corps de l'alchimiste perd ses repères matériels ; peau, chair, os, organes, tous disparaissent, à l'exception du réseau des artères, des veines, des vaisseaux qui serpentent et s'entrecroisent, laissant deviner la forme d'un corps humain. Au milieu, une ligne blanche sinue comme une grosse corde : c'est l'énergie masculine, en d'autres termes, l'essence spermatique, qui part à la verticale, du point où sont supposés être les reins, monte le long d'une immatérielle colonne vertébrale, bifurque vers

des bras incorporels, se ramifie à l'endroit d'une improbable poitrine, part à l'assaut d'un cœur invisible, pénètre d'impalpables poumons, mais au lieu de suivre des voies respiratoires irréelles et de remonter le long d'une gorge inexistante pour ressortir par une absence de nez, elle poursuit son ascension pour s'épanouir, au milieu de ce qui devrait correspondre au cerveau, en une belle fleur de lotus à pétales roses, blancs, rouges, orange, bleus et jaunes.

(C'est la perfection même de l'Alchimie Intérieure, que notre challenger rêve d'atteindre dans un an. Un tel objectif nécessite des exercices de plus en plus longs, durant lesquels, par précaution, il se met dans le derrière un petit bouchon hermétique, car, si un alchimiste intérieur est capable de commander à son sexe de besogner aussi longtemps que nécessaire, son anus, qui, à maints égards, est l'orifice le plus anarchique de son corps, risque à tout moment de commettre un attentat en laissant échapper un souffle du précieux Champ de Cinabre, où il se fait peu à peu Élixir. Un tel échappement, fût-il sous la forme d'un pet, qui signifie une perte de l'énergie vitale de l'alchimiste, anéantit de longues années d'efforts.

(Cet athlète, qui reprend le flambeau, n'est autre, vous l'avez compris, que Sa Majesté en personne.)

SA MAJESTÉ *(il se parle à haute voix)*

Étrange que tu ailles si loin, en étant le sosie de toi-même. Combien cette chasse est pour toi différente des précédentes ! Jadis, ton plaisir était de tuer des bêtes, aujourd'hui, c'est d'être couronné dans une compétition sexuelle qui t'oppose à elles.

(Enfin, il se tait, et, entrant dans le combat, il s'accouple avec une nymphe chasseresse, choisie par hasard, une fille

charmante, mais sans grande personnalité. Sa Majesté n'a jamais caché sa préférence pour ce genre de femme, au contraire. Par ailleurs, sa vanité dédaignant une victoire trop facile, il fait monter sa partenaire sur son cheval, et offre aux autres filles, aux eunuques et aux animaux un spectacle époustouflant de figures équestres.

(Le mariage de ces deux arts, l'Alchimie Intérieure et l'équitation, donne à nos deux athlètes les jouissances les plus fines, et aussi les plus saines. Cela se voit sur leurs visages, dans leurs mouvements, bien que, la règle de l'exercice l'exige, Sa Majesté ne dise mot, ni ne laisse échapper le moindre souffle.

(On n'entend que le frottement de la selle, le grincement du caparaçon, les hennissements du cheval, les gémissements d'extase de la fille.)

Changement d'éclairage :

La clarté joyeuse de la scène précédente s'atténue, s'adoucit, s'endort sur les bois, et meurt dans un noir complet, qui dure quelques secondes, le temps de faire disparaître le décor et les protagonistes du duel.

Un faisceau lumineux apparaît, une lueur crépusculaire. Des reflets renvoyés par d'invisibles miroirs pénètrent par une fenêtre haut perchée dans une pièce étroite, donnant plus d'éclat aux objets, aux nuances.

On reconnaît peu à peu le Nid Céleste, la belle chambre en bois posée sur le dos de quatre éléphants, à l'intérieur de laquelle les quatre sosies de l'Empereur sont ivres.

Si, quelques heures auparavant, le Lait de la Quinte, le sosie élu de Sa Majesté, se croyait, sous l'effet du vin, dans une chambre de cristal, pour ses autres versions – l'Eau, le Miel, le Thé –, maintenant elles aussi enivrées, tant par l'alcool que par l'opium, le Nid Céleste est devenu un cabinet d'illusions, qui ne laisse inactive aucune région de leur sensibilité.

La télépathie entre les sosies, comme entre des jumeaux, dit-on, est ordinairement précédée d'un état hypersensible : ils sont en quelque sorte visionnaires, disponibles, susceptibles de recevoir ou de transmettre des pensées, sans le savoir.

LE LAIT DE LA QUINTE

Des cris bizarres. Écoutez-les, ils sont rouillés, longs, comme les gémissements d'un gibbon.

L'EAU DE LA QUINTE

Le gibier numéro un de cette chasse, une soi-disant créature noire, n'est peut-être pas une autruche, mais un gibbon qui enlace un arbre en gémissant. J'ai entendu dire que les Javanais les déguisent souvent en hommes, les coiffent comme il faut, et les rasent, avant de les vendre aux Chinois.

LE MIEL DE LA QUINTE

Tu causes trop, du coup, je n'entends plus rien.

LE THÉ DE LA QUINTE

Il est vrai que je suis le plus intellectuel d'entre nous. Écoutez cette phrase poétique : les bruits passent, comme les fleurs tombent dans un abîme... Non. (Il écoute.) Ils reviennent. Ce sont des cygnes qui se posent sur le Nid Céleste. Je perçois le froissement de leurs plumes, l'ébouriffage de leur duvet, le roucoulement d'une demande en mariage, le frémissement de leurs ailes d'argent, le battement de leurs cous qui se joignent.

(Est-ce la peine de sortir du Nid Céleste pour vérifier si un couple de cygnes est perché sur le toit ? Mais non, puisque c'est une vision.

(En revanche, si l'on change de décor, et que l'on revient dans le bois, sur la scène du duel entre « l'Humidité » et « la Sécheresse », on est frappé par la justesse de la télépathie des sosies, car, soit « le gibbon enlace un arbre en gémissant », soit « les cygnes aux cous joints » sont deux appellations d'une même position sexuelle, deux façons de saisir le sens d'un même geste – la femme assise dans le giron de l'homme – que Sa Majesté et sa partenaire exécutent sur le dos du cheval, le corps abandonné, les paupières mi-closes.

(De la part d'un empereur, il faut beaucoup de courage démocratique pour choisir cette position politiquement incorrecte, purement féministe, qui donne à sa partenaire non pas seulement une posture d'égalité, mais de vraie domination. Mais un adepte de l'Alchimie Intérieure est prêt à tout, si cette position le rassure plus que les autres et qu'elle lui offre une garantie suffisante de durée, de force, de repos, en un mot, de non-éjaculation.)

LA NYMPHE CHASSERESSE *(elle murmure à l'oreille de l'Empereur)*

Il existe une expression populaire pour désigner notre position. Elle est un peu longue, mais très imagée : « Lorsqu'on chevauche un tigre, on ne peut plus mettre pied à terre. »

(Bien que Sa Majesté ait de la tenue, la fille lit une envie de rire dans ses yeux.)

LA NYMPHE CHASSERESSE *(elle murmure)*

Une fois, j'ai connu les faveurs de l'Empereur. Vous lui ressemblez vraiment. J'aurais cru être dans son giron, si je n'avais découvert que votre nez, mais il faut être tout près pour s'en apercevoir, est un peu plus grand.

(Regard interrogateur de l'Empereur, qui, de nouveau est pris par l'envie de rire. Mais il reprend le contrôle de son souffle. Un Alchimiste Intérieur en plein exercice ne peut dire un mot, encore moins rire, sous peine de tout gâter. De tous les risques de laisser échapper un souffle, sait-il fort bien, les envies de rire et de péter sont les plus redoutables.)

LA NYMPHE CHASSERESSE

Tout à l'heure, quand j'ai vu votre sexe, j'ai eu les larmes aux yeux de trop d'émotion. Maintenant que je commence à le connaître mieux, je vous affirme qu'il est plus grand que celui de l'Empereur. Conformément – j'ai soudain envie d'employer ce mot administratif – à ce que disent les gens de la rue : on n'a pas un gros nez par hasard.

(Imperturbable, Sa Majesté ne dit toujours mot. Rien ne peut ébranler un alchimiste, pas même cette erreur grossière et humiliante sur son identité, qui mérite la décapitation.)

LA NYMPHE CHASSERESSE

Le pauvre Empereur ! Il ne sait pas qu'il a un sosie si merveilleux.

(Sa Majesté sourit avec les yeux, un sourire profond, presque heureux. Son expérience de sosie lui fait découvrir un nouvel aspect de la vie : il a beau occuper la place suprême de l'Empire, il a beau être le Maître de la Chine, il a beau être le plus sérieux du monde, un homme est toujours source de distraction pour les femmes.)

Ellipse de temps. Changement de décor. On revient vers le Nid Céleste :

(Le soleil déclinant n'éclaire plus l'intérieur, mais un coin du marais, où se reposent la suite de l'Empereur, ses eunuques, ses gardes, ses médecins, ses savants et ses palefrois.

(Descendus du Nid Céleste, les quatre sosies, ivres, gais, excités, s'amusent à jouer à « l'âne en bois », un jeu populaire qui mime une scène de châtiment infligé à une femme adultère. Celle-ci est ligotée et amenée en place publique sur un âne en bois, installé sur un chariot, que des représentants de la justice en uniforme noir traînent à travers la ville, dans le but de rassembler une foule morale et vertueuse qui l'injurie et crache dessus. Mais le sujet de joie est le phallus de l'âne en bois, d'un grand réalisme, le plus souvent œuvre d'un artisan régional, dressé au milieu de son dos. Cet organe, rendant la justice, pénètre sans pitié le vagin de la coupable (qui est assise dessus), à qui il inflige un long et atroce supplice. Chaque secousse du chariot, chaque cahot du chemin lui arrache un gémissement.

(Quelle inspiration, de la part des sosies ! L'absence d'un âne en bois ne refroidit pas leur enthousiasme et ils le substituent par un vrai âne. Quant à l'effet spectaculaire du phallus, ils comptent sur l'imagination et le talent de qui joue la femme adultère.

(C'est le Lait de la Quinte qui doit tenir le rôle. Non content de changer de costume et de coiffure, il demande qu'on le peigne en noir afin que le spectacle soit encore plus fou. L'encre qui coule sur son front et éclabousse son torse, le grise et lui procure un sentiment de puissance.

(Injures, fouettements, pleurs, etc. Le spectacle est à la hauteur des espérances. Comme de vrais enfants, ils jouent jusqu'à l'épuisement, sans savoir que, grâce au miracle

de la télépathie, leur jeu est simultanément porté à son comble, dans un autre endroit, quelques kilomètres plus loin, mais là-bas, l'activité n'est pas seulement ludique, elle participe à un exercice d'Alchimie Intérieure.

(Allongée sur la selle, Sa Majesté est dominée par la nymphe chasseresse, dans une position aussi rassurante que la précédente, et qui figure dans les manuscrits sous le nom de : la grande chevauchée d'un âne en bois.

(Pas plus que le Lait de la Quinte, peint en noir, l'Empereur n'éprouve de honte à jouer à l'âne en bois, ne serait-ce que, je le répète, pour compléter son expérience de sosie.

(La nymphe chasseresse, qui ne manque ni de créativité, ni de souplesse, fait un tour complet de trois cent soixante degrés – sans interrompre une seconde leur accouplement –, et se retrouve dos à Sa Majesté, toujours allongée sur la selle. Cette modification amène le couple à pratiquer une troisième position : « le lapin qui suce les poils du pinceau ».

(Penchée vers l'avant, la cavalière brandit une cravache, qu'elle fait claquer en l'air, et saisit la bride du harnais pour faire avancer le cheval autour du bassin. À chaque secousse, chaque cahot, elle déguste le plaisir que lui donne son partenaire. Cette belle initiative dépasse Sa Majesté, mais perturbe aussi, pour la première fois depuis le début du duel, le couple de rhinocéros, toujours en train de copuler.

(La jeune femme semble avoir remporté une étape importante vers la victoire. Le bois est si silencieux, qu'on entend, de temps à autre, la sueur ruisseler sur les corps des protagonistes.

(Enfin, ce silence est brisé, au milieu de la position suivante.)

LA FILLE

Pour une petite mort, c'est une petite mort, mais Confucius est ressuscité.

(Du bout des doigts, elle touche le visage de son partenaire. Intrigué, il la regarde, comme s'il avait un doute sur sa propre identité.)

LA FILLE

Mon beau Maître Confucius !

(À ce cri, Sa Majesté la considère comme on le fait d'une folle.)

LA FILLE

Je n'ai pas perdu la tête, Majesté. Les plus âgées des femmes du Palais nous ont appris le nom populaire de cette position : « Confucius pousse une brouette ».

(Sourire de Sa Majesté. Le peuple a raison : les jambes de la fille, qu'il tient soulevées en l'air, ressemblent aux deux brancards d'une brouette, qu'il serait en train de pousser. Une brouette en bois, si l'on considère l'effet sonore des grincements de la selle. La caisse de la brouette se fait plus lourde, à mesure que dure l'accouplement, une force invisible pèse à droite et à gauche, d'ailleurs, les brancards sont trop longs pour un homme de sa taille, de temps à autre, il les pose sur ses épaules. Les genoux de la fille touchent ses seins, ses fesses et le bas de son dos sont suspendus en l'air, pour permettre à Sa Majesté d'introduire à fond sa Tige de Jade, jusqu'à la Jaune Mignonne. L'Empereur alterne coups brefs et coups profonds, de telle sorte que chacun vise le centre. La fille lui répond en se trémoussant. Les sécrétions de son vagin sont pareilles

à une pluie abondante. La brouette se sent pousser des ailes, elle s'élève, prend son envol. Dans la volupté, elle se transforme en conteuse, désireuse d'amuser son partenaire.)

LA FILLE

Une fois, tard dans la nuit, un voleur s'est introduit dans la maison de Confucius, où, dans l'obscurité totale, nulle bougie n'étant allumée, il a entendu les halètements d'un couple, qui faisait l'amour dans la chambre du Maître. Le lit, qui grinçait fort, semblait sur le point de craquer. Puis, la voix d'une femme : « Confucius, la position d'aujourd'hui me plaît. Comment s'appelle-t-elle ? » Réponse du Maître : « Le vieillard pousse une brouette. » Sur quoi, ils se sont tus, pour continuer leur commerce charnel dans le noir. Soudain, Confucius s'est figé. « Ne bouge plus », dit-il. « Vous avez peur de sortir ? » « Non, silence ! J'ai entendu des bruits de pas. » Quelques secondes ont passé, peut-être une minute, et de nouveau, des bruits de pas. « Au voleur ! s'est écrié Confucius. Au voleur ! » Mais les bruits se sont rapprochés, pour s'arrêter à la porte de la chambre. « Ferme-la, a dit le voleur. Puisque tu pousses une brouette sur un lit, qu'est-ce qu'il y a de mal si je marche dans un salon ? »

(Grimace de Sa Majesté, qui, dirait-on, essaie de résister à l'assaut d'un énorme rire.

(Soudain, une odeur infecte s'élève, comme un nuage invisible dans l'air, et se mêle à l'haleine de la fille. C'est une bombe.)

LA FILLE

Quelle puanteur !

(Furieuse, elle se bouche le nez avec les doigts, scrute les rhinocéros toujours amoureux, l'eau du bassin, les arbres, qu'elle semble vouloir compter, et, à la fin, son regard se pose sur l'Empereur.)

LA FILLE

Majesté, vous avez eu un vent.

(Un courant d'air passe. La pestilence oblige les nymphes et les rhinocéros à tourner la tête. On ne dirait pas qu'elle émane d'un être humain, mais de latrines publiques.

(Si Sa Majesté, avant de se lancer dans ce combat, avait songé à se mettre un bouchon qui eût fermé l'orifice le plus anarchique de son corps, il eût gagné le concours. Cet oubli était une faute fatale.

(Mieux que n'importe qui, il comprend : huit ans d'exercices partis dans un pet.)

SA MAJESTÉ

À partir d'aujourd'hui, j'interdis, dans tout l'Empire, de pratiquer la position appelée « Confucius pousse la brouette ».

(Bien que tout le monde le prenne pour un sosie péteur de l'Empereur, nul n'ose désobéir aux conventions officielles.

(Deux nymphes chasseresses endossent leur armure étincelante, coiffent un casque à gland rouge, et hurlent cette interdiction le plus fort possible.

(Leur cri est aussitôt relayé par les voix de quatre autres nymphes, comme il avait été fait lors de la cérémonie du « droit à disposer des prisonniers de guerre », devant la Porte de la Cité Interdite.

(Puis ce sont huit, seize, trente-deux jeunes filles qui reprennent la phrase, jusqu'à ce que la troupe entière l'entonne comme un seul homme.

(Soudain, un coup de tonnerre retentit. Les joncs cessent de siffler, un frisson rapide parcourt les feuilles des arbres, tandis qu'à leur cime les murmures s'arrêtent net.

(L'auteur de ce coup de tonnerre est le rhinocéros mâle, qui, dans l'épuisement final de sa longue copulation, s'effondre dans le bassin.

(Une lente chute. Non point celle d'un cavalier qui tombe par-dessus son cheval, mais celle d'un roc massif, dont le soleil couchant profile le contour noir et les reflets violets de sa croupe arrondie, qui culbute lentement dans l'eau, au milieu d'une énorme éclaboussure.

(Tout le monde rit, à l'exception de Sa Majesté, toujours consternée par son échec en Alchimie Intérieure.

(Rien ne peut l'arracher à sa consternation, ni la capture des deux rhinocéros par un groupe d'eunuques qui se jettent dans l'eau avec des filets, ni le mouvement de la troupe des chasseuses qui se ruent vers l'autre côté du bois, d'où montent les cris : on a localisé « la Créature Noire ».

(Sa Majesté semble avoir oublié ce gibier, qu'elle est pourtant venue chasser.

(Dans cet état désagréable, où les humeurs ne veulent pas s'épandre, il congédie les derniers eunuques encore près de lui.

(Quand tout est redevenu calme, et qu'il est enfin seul, il descend de son cheval, laisse retomber la bride, enlève son armure, et marche pour détendre ses jambes engourdies. Soudain…)

SA MAJESTÉ *(il crie)*

Voilà une acrobatie de Confucius.

(Il fait un saut en arrière, et atterrit, maladroitement mais justement, sur une branche d'orme.

(Cette réussite ne change pas son humeur, non plus que les cris des nymphes chasseresses, qui semblent poursuivre le gibier noir, de l'autre côté du bois.)

SA MAJESTÉ

Si j'avais tenu encore deux minutes, peut-être une, non, seulement une demi-minute de plus, j'aurais été l'homme qui fait l'amour plus longtemps que le rhinocéros.

(Il se balance doucement sur la branche. Son visage, sur lequel coulent de grosses larmes, tantôt surgit de l'ombre, tantôt se noie dans l'obscurité, au rythme de ses oscillations. Il est résolu à s'écarter de la troupe, lancée dans la poursuite, et aussi à ne pas lever la tête pour scruter le ciel ; ce n'est pas la peine, il le sait. Elle est là, l'étoile orange, elle me guette toujours.

(Il entend, dans la profondeur du marais, le grelot d'un cheval, très disséminé, dans le bois.

(Comme nombre de fumeurs d'opium, il a l'oreille fine ; en écoutant ce bruit, il croit y discerner quelque chose de singulier : une cassure dans le métal du grelot ? Non, c'est autre chose. Ce n'est pas un grelot qui balance sur le cou d'un cheval. Alors, une clochette…

(Mais qu'est-ce que cela peut être, ce tintement bondissant, grêle, argentin, ferrugineux, non, plutôt cuivré, intarissable.

(Le jour décline. Le regard de Sa Majesté suit, par hasard, la trajectoire d'une ombre noire – on dirait celle d'un corbeau géant. C'est elle, la créature noire ? – qui se détache des arbres et court en dessinant, dans le crépuscule, une traînée zigzagante et sonore, car la petite clochette, portée par cette ombre – une clochette de pigeon voyageur –, continue, durant sa course, à égrener les gouttes enragées, aiguës, stridentes, d'un son clair, avec

une précipitation infernale, qui semble dire, à chaque pas : « Vite ! vite ! vite ! »

(L'ombre s'abat sous un marronnier d'Inde, à une vingtaine de mètres de l'Empereur.

(La clochette frissonne quelques secondes, s'éteint peu à peu et se tait enfin, quand l'ombre noire se fige dans l'immobilité.

(Soudain, elle se relève.

(Ses ailes rigides, d'une longueur disproportionnée, qui émettent, en traînant péniblement sur le sol, un bruit froufroutant de plumes, ne peuvent cacher complètement sa forme humaine, tête, cou, épaules, torse ; sa taille est celle d'un homme.

(L'homme autruche, à demi mort, incapable de s'envoler, ne serait-ce que d'un centimètre, s'éloigne avec des bonds d'une raideur cadavérique.

(Sa Majesté descend de l'arbre, prend son arc, le charge d'une flèche et se lance à la poursuite du gibier tant attendu.

(Celui-ci tente de traverser le bassin, mais il tombe dans l'eau. Puis il se relève et parvient à l'autre rive.

(La créature, comme on l'a déjà dit, est muette. Mais, sans doute pour plaire au Souverain, les organisateurs de la chasse – un général de l'Armée et un ministre –, qui avaient lu le rapport de l'Académie, s'étaient approprié la découverte du savant et avaient fait déguiser ce gibier noir en autruche.

(Sa Majesté voit que ses ailes ne sont que des imitations, cousues bizarrement.

(L'homme est noir, nu. Des gerbes de flèches sont fichées dans sa poitrine, le sang ruisselle sur sa peau d'ébène, lisse comme le cuivre.

(Il ouvre la bouche, mais ne peut prononcer le moindre mot. Il regarde l'Empereur de ses yeux fixes, d'un regard

hardi, dont la force semble intacte, tandis qu'au bout de son membre viril, dont la grosseur est un phénomène en soi, étincelle une clochette de cuivre rouge, au milieu d'une touffe exubérante de poils.)

SA MAJESTÉ

C'est ça que je veux. Un bon gros vit. Si j'en avais un pareil, avec une orgueilleuse clochette qui carillonne, même après avoir raté mes exercices d'Alchimie Intérieure, je serais un empereur heureux.

(Selon le compte rendu de sa captivité, l'homme noir était d'origine africaine, mais il devait la clochette greffée sur son sexe à une intervention chirurgicale dont seuls les Birmans connaissaient le secret. Les premiers Occidentaux qui mirent les pieds dans ce pays furent souvent émerveillés par les tintements de clochette, qui retentissaient à l'intérieur des culottes de tous les hommes (ou presque), comme un signe extérieur de richesse. Duarte Barbosa et Calvão en parlent dans leurs récits de voyage ; Luís Vaz de Camões et d'autres poètes ont consacré des vers à cette coutume.)

IX

Peu de gens, dans le monde, ont la chance d'observer de près, ne serait-ce qu'une fois, un crabe à l'état larvaire, et d'en admirer la beauté exquise.

Imaginez, mes chers lecteurs, qu'en un jour du seizième siècle, dans la plaine marécageuse du Jardin de Chasse impérial, au sud de la Chine, grouillaient des crabes de race très ancienne, presque aussi ancienne que la terre, dont les ancêtres, qui vivaient dans un grand lac, s'étaient nourris, durant des siècles, de la chair des amants que les reines successives du Royaume des Femmes avaient recrutés, possédés et abandonnés.

On était le 20 mai 1521, cinq jours après le succès de la chasse, menée par l'Empereur lui-même, dont le plus beau moment, le dénouement dramatique, avait été la capture de la Créature Noire.

(Je vous épargne la grande polémique qui s'était engagée, à la Cour de Pékin et dans l'entourage de l'Empereur, au sujet de cette proie : un être humain ? ou une créature de nature divine, comme la bête mystérieuse que Gengis Khan avait rencontrée, en franchissant l'Himalaya, lors de sa conquête de l'Inde ?)

Sombre, ce jour-là, la couleur du marais, au petit matin, se dégradait en un noir fertile et tendre, presque généreux. Mes chers lecteurs, pardonnez-moi de profiter de cette occasion pour rendre hommage à Maître Fu, jadis venu en ces lieux, fasciné par cette couleur, et à qui il fallut plusieurs années de recherches, avant de parvenir à recréer, avec des pigments végétaux et minéraux, une peinture dont la nuance n'existait pas dans le commerce et était la seule capable de représenter, sur ses toiles, la couleur d'un marais au petit jour. Une couleur qui porte désormais son nom : le vert Fu. Un vert d'une telle puissance qu'on le dirait noir.

Sombre, à cette heure-ci, la tourbière, sur laquelle flottait une nappe de brume blanche, et au bord de laquelle une mousse sombre tremblait entre les joncs ; un rayon de soleil y pénétrait et se perdait à mi-chemin, avant d'atteindre les œufs de crabe, qui gisaient au fond d'un trou creusé dans la boue et le sable.

Ces petits œufs brillaient, même dans les rayons les plus sombres.

Le trou, qu'avait creusé une mère crabe, était vaste, sombre ; l'air chaud, épais, déposait une buée humide sur les parois, entrant par la galerie étroite, creusée avec minutie, qui permettait de communiquer avec l'extérieur.

L'un des œufs se mit à bouger. Une larve de crabe venait d'éclore.

Lorsque Jean-Henri Fabre parle d'une telle éclosion, il n'utilise pas le terme de « tégument de l'œuf », mais, lisez-le, quelle subtilité de la langue française, il écrit : « une tunique des plus délicates se déchire ».

Cette larve de crabe, au sortir de l'œuf, ressemblait à une crevette d'un rose tendre, transparent comme le cristal, sans patte, ni carapace, avec seulement une pince latérale, aussi longue que le reste de son corps.

Elle rentrait en elle-même, se tordait, dans un mouvement qui témoignait d'une sensation particulière : douleur ? souffrance ? peur ? étouffement ?

Non, la larve avait simplement faim.

Elle se collait parfois contre une paroi du trou, comme on se penche pour entendre la douce plainte d'une source. Elle la regardait, écoutait de nouveau, y lançait un coup de pince : la paroi était crépie d'une matière blanchâtre, luisante, un peu graisseuse.

Vous savez comment un pigeonneau fait connaissance avec la nourriture que sa mère dégorge pour lui, après avoir ramolli le grain dans son jabot, pour en faire de la bouillie. La mère crabe va plus loin, elle recueille des aliments, les ramène dans le trou où elle a pondu ses œufs et les réduit en une sorte de purée facile à digérer, avec laquelle elle enduit les parois de son nid.

Voilà le moment décisif d'une vie : la première bouchée que la larve de crabe récupère sur la paroi.

Quel regret que sa mère eût été absente, en cet instant magique, car elle eût distingué, par transparence, à l'intérieur du corps de son petit, des ondes rapides, décrivant le sillage de son canal digestif.

La larve ignorait que ce dont elle s'abreuvait à longs traits, cette nourriture bénie, préparée par l'estomac maternel, provenait d'un cadavre que toute une horde de crabes avait trouvé dans l'eau, accroché aux barbelés qui marquaient la frontière du Jardin Impérial, dont la peau, d'un très beau noir, était argentée par des bulles d'air.

Venus des quatre coins du marais, les convives de ce festin, grands ou petits, certains plus affamés que d'autres, y compris des femelles qui venaient de pondre, s'étaient emparés du corps pour le consommer, non, le dévorer séance tenante. C'est ainsi que ces cannibales, se goinfrant avec une impunité souveraine, avaient fait disparaître une pièce à conviction des plus importantes : le cadavre.

Plus jamais on ne pourrait déterminer si un assassinat avait été prémédité dans l'intention de voler un membre viril, ou s'il s'agissait seulement de sa soustraction illégale sur un mort, un vol certes sordide, déshonorant, condamnable, mais pour lequel l'accusé pourrait bénéficier de circonstances atténuantes.

Heureusement, Tomé Pires, ce malheureux ambassadeur du roi du Portugal, nous a laissé une ébauche de mémoire, récemment trouvée dans des archives, qui nous permet d'élucider cette énigme.

Bien que les autorités portugaises n'eussent plus de ses nouvelles, et que des marins prétendissent qu'il avait péri en prison, Tomé Pires arriva à Pékin deux mois après avoir croisé le vaisseau impérial sur le Grand Canal. Sa situation financière s'était dégradée, plusieurs mésaventures l'avaient ruiné, et il avait fini par exercer des petits métiers.

… Je vendais de l'eau, le matin et le soir, aux habitants de trois ruelles du quartier de Tian Qiao. J'étais devenu le fournisseur principal de « l'Odeur Exquise », une maison de thé, où je fis connaissance de Liu Gonggong, qui fréquentait l'établissement, soit pour y

prendre son thé du matin, soit pour y faire la sieste, pendant qu'un barbier lui curait les oreilles, avec une pince fine comme des antennes de langouste. C'était le premier eunuque que je rencontrais, à Pékin.

Depuis quelques années, il était à la retraite, mais il avait, jadis, été confortablement placé dans la hiérarchie. Sa richesse était toutefois restée très modeste, en comparaison de celle des eunuques de rang supérieur – intendants ou secrétaires personnels de l'Empereur – qui menaient une vie peu différente des ministres ou des généraux, propriétaires de magnifiques demeures et d'une nombreuse domesticité. Liu Gonggong vivait dans ce quartier très animé, mais populaire, dans une maison en briques grises. Dans la grande cour pavée, au milieu de laquelle se dressaient deux kakis dont la cime dépassait le toit de tuiles de la maison, il disposait d'une vaste salle, avec, à gauche, la cuisine et la chambre de sa servante, et, à droite, un atelier.

Chaque matin, je garais ma brouette devant sa porte, lançais mon cri de porteur d'eau, et la servante, une femme de quarante ans, ouvrait, pour m'en acheter quatre baquets : elle en emportait d'abord deux jusqu'à la cuisine, puis elle revenait en prendre deux autres qu'elle portait à l'atelier. Ce, pendant plusieurs mois, jusqu'au jour où elle tomba malade et où il me fut permis de franchir le seuil très haut de la demeure.

Je passai sous les amples frondaisons des kakis, contournai une chaise longue en bambou et quelques tabourets qui traînaient dans la cour et portai, comme elle, deux baquets d'eau dans la cuisine, et deux autres à l'atelier. Quand j'en poussai la porte du pied, elle s'ouvrit dans un long grincement et, dans la pénombre, je découvris en face de moi un renard et un loup, les yeux menaçants, la gueule ouverte en une laide grimace, prêts à bondir sur moi. Il s'en fallut de peu que les baquets d'eau ne s'échappassent de mes mains.

C'étaient des bêtes empaillées, gardiens de la « salle mouillée » de l'atelier, ainsi qu'il était écrit sur une plaque, une vaste salle, au fond de laquelle un rideau protégeait la « salle sèche » des regards curieux.

« Dans le coin, à gauche, il y a une cuve. Remplis-la d'eau », dit une voix ténue, mi-féminine, mi-masculine, derrière le rideau.

Après m'être enfin habitué au sombre éclairage, je discernai effectivement une grande cuve, dans un coin de la « salle mouillée ». Je m'en approchai et y vidai mes deux baquets. Quand je relevai la tête, mon front heurta quelque chose, qui m'arracha un cri d'effroi : un oiseau mort – un perroquet vidé de sa chair, dont il ne restait plus que le plumage et la tête –, suspendu à un crochet, au-dessus de la cuve.

Son plumage gris sale, dégoulinant d'eau, lui donnait un air si misérable qu'il me fit penser à une poupée vidée de sa bourre ; son bec noir était écaillé ; sa face blanchâtre, avec ses orbites noires, m'inspirait la même horreur que celle d'un aveugle.

Le lendemain, je suis de nouveau entré dans cette salle, et si le loup et le renard empaillés me faisaient encore peur, je constatai avec soulagement, en vidant mes deux baquets dans la cuve, que l'oiseau n'était plus là. À sa place, c'était la tête d'un sanglier qui était suspendue au crochet. L'oiseau, en ai-je conclu, avait sans doute été jeté à la poubelle. Derrière le rideau, j'entendais le bruit d'un couteau qui raclait une peau d'animal. Celle du sanglier ? L'atelier était si silencieux que je pouvais entendre le souffle d'une haleine entre deux raclements.

En repartant, j'aperçus, par hasard, dans un coin de cette pièce enveloppée d'une atmosphère sous-marine, un objet scintiller sur une étagère : une cage, dorée, d'un vieil or. C'était la plus belle cage que j'avais jamais vue : en forme de pavillon princier, avec un auvent, des fenêtres, une porte, un toit pentu, soutenu par des piliers si finement filigranés qu'ils paraissaient dénués de pesanteur. Là, telle une apparition, empaillé sur un perchoir, le perroquet de la veille, dans toute sa splendeur : son plumage montrait des tons nacrés, délicieusement tendres. Je laissai mes doigts en parcourir ses plumes luisantes, sa queue rouge carmin, son bec lustré, entrouvert, comme prêt à chanter. Ses yeux de verre me regardaient comme s'il était encore vivant.

Seul Liu Gonggong, jadis naturaliste en chef du Palais, était capable d'un tel exploit, m'expliqua plus tard sa servante.

Aujourd'hui encore, je me souviens de l'impression que produisit sur moi ce beau perroquet, bien que ce travail fût sans grande valeur, je le sais, comparé à son chef-d'œuvre (que je n'ai malheureusement pas pu voir de mes yeux) : une scène qu'il avait entièrement reconstituée, dans un pavillon du Palais Impérial, où l'on voyait, à croire ce qu'on en disait, le directeur du département des Cérémonies, vêtu d'une robe rouge et d'une veste brodée, monté sur un cheval cabré qu'attaque un lion enragé.

Incontestablement, c'était un sommet dans l'art de la naturalisation, qui émergeait au-dessus d'un océan de banalités, telle une apparition, un mirage au milieu des flots. Son auteur disait cependant :

« La plus belle œuvre est toujours celle qu'on n'a pas pu réaliser. »

Ce n'était pas un vain mot, mais un long soupir mélancolique, plein d'amertume, qui venait du plus profond de son être et faisait allusion à une expérience inachevée, plus précisément interrompue.

« Cette nuit-là, me raconta-t-il, dès que le bruit des gongs annonçant la fin de la chasse est parvenu jusqu'à ma tente, je suis parti, afin de récupérer au plus tôt les gibiers à empailler, car dans la naturalisation, chaque seconde compte.

J'étais excité, sachant par avance que ce serait un défi pour moi, qui n'avais jusqu'alors jamais disséqué de rhinocéros, encore moins de « créature noire », ces gibiers lâchés pour l'Empereur dans le Jardin de Chasse.

Comme il s'est mis à pleuvoir, j'ai trouvé un abri provisoire dans la tente du Grand Intendant du Palais, qui m'a montré, sur une table mouillée de pluie, les flèches arrachées au cadavre de la « créature noire », dont le nombre aurait pu tuer toute une division ennemie.

Après minuit, je suis arrivé, tout trempé, dans une tente éclairée par des lanternes, dressée à l'écart des autres. C'était mon atelier de campagne, divisé en deux, comme celui de Pékin, par un rideau épais, en salle sèche et salle mouillée.

La salle sèche était envahie par les médecins chargés de l'autopsie, leurs assistants, et par des balances de toutes tailles qui serviraient à peser chaque organe de la « créature noire », cœur, poumons, estomac, foie, intestins, reins, rate, dont le poids serait minutieusement consigné dans un registre, en vue d'une comparaison méthodique avec ceux prélevés sur les cadavres des condamnés à mort après leur décapitation.

Bien que ce fût mon atelier, j'avais l'impression de me trouver dans un lieu inconnu, étrange. Ceux qui pratiquaient l'autopsie, avec l'attitude cynique propre à leur profession, bavardaient, plaisantaient, partageaient du tabac à priser, buvaient du thé, s'amusaient à parier sur des combats de grillons. Moi, je ne les entendais pas ; ils étaient des muets qui gesticulaient, me saluaient, me souriaient. Ce que j'entendais, c'était un gargouillement, de l'autre côté du rideau épais, dans la salle mouillée.

C'était un gargouillis qui accompagnait la respiration de gorge d'un agonisant. Comme j'étais trempé, j'ai retardé le moment d'aller le voir. Je savais que c'était un gibier particulier, et je voulais me préparer à la confrontation. Quand j'ai eu changé de vêtements, le râle avait cessé, telle une bulle d'air obstinée qui aurait enfin crevé à la surface de l'eau.

Il était là, nu, sur une longue planche en bois, face à un grand chaudron de macération. Accrochés autour de lui, des têtes de fauves, des ailes d'albatros, des nageoires de requins, des crabes géants lui tenaient compagnie ; à côté, des pinces, pinceaux, ciseaux, couteaux, scalpels et scies scintillaient sur une table.

À l'exception de son torse, enveloppé dans un bandage, la couleur de son corps dépassait de loin le hâle de qui eût été trop longtemps exposé au soleil de l'été ; partout, c'était une magnifique couleur noir foncé, uniforme, qui prenait un éclat magnifique sous l'éclairage des lanternes si noire qu'on distinguait à peine le cadavre dans le miroir de cuivre que je plaçai devant lui.

À deux reprises déjà, j'ai employé à son sujet le terme de "magnifique", mais ce n'est pas le mot que j'emploierais pour décrire son sexe ; il était beaucoup plus que "magnifique", malgré son rétrécissement, loi biologique universelle, à laquelle ne peut échapper un mourant. Bien que ratatiné, il restait énorme, et aussi beau que la nuit est belle. S'il n'avait pas été noir, j'aurais dit qu'il était le descendant du dieu de la montagne Zhong.

Dans une dernière tentative pour se lever, il a tendu les bras vers le haut, la tête renversée en arrière, et a ouvert la bouche, comme pour bâiller. Puis ses dents, d'une blancheur éblouissante, se sont resserrées, ses lèvres épaisses se sont crispées, et il est retombé sur la planche, où son corps s'est raidi.

À travers ses bandages, je lui ai palpé les bras, et j'ai senti contre ma joue une faible respiration intermittente.

Sans savoir pourquoi, ni me soucier s'il pouvait me comprendre, je me suis mis à lui chuchoter n'importe quoi, ce qui me passait par la tête, par exemple le premier empaillage que j'avais réalisé dans ma jeunesse, peu après ma castration, celui d'un moineau blessé de la Cité Interdite, dont le cœur avait cessé de battre au creux de mes mains. Je lui ai aussi parlé de la beauté de son corps, dont je lui ai promis de faire un chef-d'œuvre, un témoignage éternel. Un instant, son expression de douleur s'est effacée de son visage et s'est faite sereine, pour ne pas dire souriante. Je me suis empressé d'imbiber sa face d'huile et j'y ai coulé un mélange de soufre et de poudre d'ardoise, afin d'en faire le masque, avant que cette douceur ne s'évanouisse.

La chance m'a souri : ses cils et sourcils sont restés collés à l'ardoise huilée, et quand j'ai moulé son masque à partir de cette épreuve, ces poils, comme par miracle, se sont replacés exactement où il fallait.

Dehors, à travers le bruit de la pluie qui criblait la toile de tente, j'ai entendu des chevaux s'approcher, puis ce cri, parmi leurs hennissements : "Ordre sacré du Fils du Ciel". J'ai aussitôt posé mes outils et me suis agenouillé pour accueillir le courrier qui entrait dans la tente.

Malheureusement, ce ne fut pas une simple interruption, mais un adieu définitif : quelques minutes plus tard, j'ai été prié de prendre congé, et j'ai quitté l'atelier de campagne, abandonnant le corps encore tiède de ce Noir anonyme – le premier qu'on ait jamais vu en Chine – aux mains d'un castrateur du Palais, nouvellement promu Chirurgien de la Cour par Sa Majesté, qui l'avait chargé d'une greffe historique. »

X

Cadeau d'un prince prussien, vert céladon au-dehors, blanc d'ivoire au-dedans, ce bol de porcelaine chinois, recouvert d'émail craquelé, était la vedette incontestable du Cabinet de Curiosités de Rabelais, dans son appartement parisien.

Ce cabinet était en fait une armoire en bois d'ébène, ornée de figures gracieusement sculptées, dont les étagères étaient recouvertes de velours vert, chaud et lumineux, à trame extrêmement serrée, qui mettait en valeur les pièces de la collection ; de même, en était tapissé l'ensemble des tiroirs plats, divisés en compartiments, où séjournaient des monnaies grecques ou romaines. Dans son abondante correspondance, Rabelais ne cacha jamais son attachement à ce meuble, qu'il avait conçu lui-même, un siècle avant que cela ne devînt une mode, dans les salons d'Europe, où on y fourrait toute chose présumée originale, un coquillage d'Amérique, un fossile d'Inde, une lance rouillée d'Afrique.

À cette époque, en France, on était dans une grande ignorance de la porcelaine, matière dont la définition plongeait dans l'incertitude, car rares étaient ceux à en avoir vu de leurs propres yeux, ou à en avoir touché de la main. Certains imaginaient qu'elle était un liquide qui s'était solidifié pour avoir trop longtemps séjourné sous la terre ; d'autres la pensaient faite de poudre de coquillages, de chaux et de coquilles d'œuf.

Rien d'étonnant si la moindre réception chez Rabelais prenait les allures d'une visite au musée, et si l'on se pressait chez lui rien que pour admirer son bol en porcelaine.

Aussi incroyable que cela pût être, Rabelais, ce véritable dictionnaire vivant, ne parvenait pas à attribuer un nom à sa couleur vert pâle, tant elle était exquise. Il se contentait de raconter à ses visiteurs qu'un empereur chinois en avait été à l'origine, en ordonnant la production d'une nouvelle porcelaine dont la couleur serait « celle du fond des nuages, après la pluie, quand le ciel commence à s'ouvrir, pour ne pas dire la couleur du paradis ». Compte tenu de sa fervente foi taoïste, religion dans laquelle tous les textes de prières adressées au Ciel sont désignés par le terme de « mots verts », les artisans tentèrent d'inventer une couleur aussi aérienne que possible, en ajoutant de la poudre d'agate dans l'émail. Ils réussirent un miracle, devant lequel tout le monde s'extasia. Ce n'était plus de la porcelaine, à en croire un grand poète de l'époque, mais une ondée printanière, un nuage enfermé dans de clairs cristaux de givre.

(En France, il fallut patienter jusqu'en 1617 avec le triomphe, à Paris, d'une pièce d'Honoré d'Urfé, intitulée « l'Astrée », dans laquelle un personnage nommé Céladon portait une tunique qui, sous l'éclairage, fit crier les amateurs de porcelaine chinoise : « C'est la couleur du bol de Rabelais ! » pour que cette couleur eût enfin un nom, un nom de trois syllabes, plus lourdes les unes que les autres, grasses comme la tourbe, une trahison radicale : « céladon ».)

Il n'était pas nécessaire de toucher le bol de la main pour sentir la minceur de la porcelaine. Les trois aquarelles, plutôt des études de natures mortes, qu'en a réalisées Rabelais, nous en laissent un témoignage précieux : elle était mince comme du papier à cigarettes. Dans un de ces dessins, le bol est posé devant un feu de cheminée, et sa porcelaine a la diaphanéité d'une jeune feuille au printemps. Dans un autre, où il est croqué de plus loin, on dirait qu'une lumière passe à travers, semblable à celle qui anime les yeux des jeunes filles. Dans le troisième, la lumière sous-marine qui traverse la porcelaine évoque la phosphorescence de certains poissons.

Parlons de l'émail craquelé. La jalousie, à en croire ce qu'on disait, avait poussé le frère cadet de l'émailleur de la nouvelle production impériale à jeter du sable et de la boue dans la pâte d'émail. Ce sabotage sournois aurait dû provoquer la perte de plusieurs milliers de pièces, et même celle du frère aîné, car la surface de la porcelaine s'était couverte d'un fin réseau de fissures, ce qui aurait pu être considéré non seulement comme une faute professionnelle, mais aussi comme un affront vis-à-vis du commanditaire suprême. La vie en décida autrement : l'Empereur tomba fou amoureux de cet effet craquelé, et il promut l'émailleur chef de la Manufacture impériale.

Aujourd'hui encore, le craquelé est un des critères de beauté des porcelaines raffinées, et des générations d'artistes ont créé des pièces, dont les craquelures, accusées par la cuisson, forment de vrais dessins, des arabesques fantasques, spirituelles, des spirales, des volutes, qui se croisent et s'entremêlent.

Ceci encore, sur l'émail de la porcelaine chinoise : il continue à craquer après sa sortie du four, quand la cuisson est terminée. Chose étonnante, la fissuration peut durer plusieurs années, comme il m'a été donné de le constater dans mon adolescence : à l'âge de douze ans, j'ai quitté mon grand-père, pour rejoindre mes parents, qui vivaient dans une autre province. Avant mon départ, il avait acheté un vase en porcelaine, « un cadeau pour ta mère ». À l'époque, la traversée de la Chine était très longue, et quand je suis arrivé au Sichuan, je n'ai trouvé ni ma mère, ni mon père, car, au cours de mon voyage, la Révolution Culturelle avait commencé, et, accusés d'être ennemis du peuple, mes parents avaient été arrêtés et enfermés. La première nuit, alors que, torturé par la faim et un sentiment d'horreur, j'étais seul dans notre appartement dévasté par la fouille minutieuse des Gardes Rouges, j'ai entendu un craquement. Qu'est-ce qui s'était cassé ? Je me suis levé, sans oser allumer de lampe, j'ai cherché à tâtons, et soudain, un nouveau craquement, à deux pas de moi. À la lumière d'un lampadaire, qui filtrait par la fenêtre, j'ai vu que cela venait du vase de mon grand-père.

Il m'arrive parfois d'imaginer comment Rabelais a pu réagir, dans son appartement parisien, en entendant, pour la première fois de sa vie, un craquement dans son Cabinet de Curiosités. Et je me suis demandé, lors de ma visite à sa dernière maison, à trente kilomètres de Tours, dans quel coin, sur quel meuble, il avait posé son bol de porcelaine de Chine (il avait vendu toute sa collection de curiosités, à l'exception de cet objet), et s'il en avait écouté, comme moi, dans le noir – jusqu'à la fin de sa vie, à en croire les documents historiques, il garda une ouïe presque intacte –, les craquements intermittents, comme autant de signes indéchiffrables ; ou s'il les avait confondus avec ceux de la charpente de sa maison, ou de son vieux lit, dont le bois poussait des plaintes, à l'aube, quand le froid envahissait sa chambre.

Il aimait dormir les fenêtres grandes ouvertes, une habitude qu'il garda jusqu'à la fin de sa vie, et qui mit sa robuste constitution à l'épreuve. Un matin, après une nuit de tempête, il se réveilla, enseveli sous un tapis de neige argentée, qui avait pénétré l'intérieur de sa chambre. Mais ce vieux chêne, qui avait pris racine dans une forêt, une tempête de neige ne pouvait l'abattre. Comme sa bonne tardait à venir, il passa la matinée à rétablir l'ordre dans sa maison. Il se sentait dispos, regardant, avec un œil d'enfant, disparaître peu à peu les cristaux de glace qui avaient fleuri en forme de feuilles de fougère, sur les vitres. Dehors, il neigeait encore.

Quand il pensa à son bol en porcelaine de Chine, il était déjà midi. La neige qui avait empli le bol, posé sur une commode, avait fondu. Il ouvrit une fenêtre pour vider l'eau dans la cour, et, une fraction de seconde, il eut l'impression de voir quelque chose dans le bol.

La fumée de la cheminée flottait sur la cour, tous les bruits se fondaient en un bourdonnement.

Rabelais souleva le bol, l'approcha de ses yeux, mais n'y vit rien d'autre que son propre reflet.

Dans la cour, l'eau qu'il venait de jeter n'était plus qu'une éclaboussure insignifiante.

Non sans ironie, il regarda, sur la surface vitrifiée de la porcelaine, son reflet en tablier de soubrette. C'est sans doute, pensa-t-il, le lot de beaucoup d'hommes de lettres, à la fin de leur vie. Il attribua cette vision pour une part à l'effet de craquelé de la porcelaine, d'autre part au prisme du reflet de la neige.

Ce que disait de lui-même Chateaubriand pourrait convenir à décrire l'état d'esprit dans lequel se trouvait Rabelais : « Quoique prompt à m'ennuyer de tout, j'étais capable des plus petits détails ; étant doué d'une patience à toute épreuve, quoique fatigué de l'objet qui m'occupait, mon obstination était plus forte que mon dégoût. »

Il remplit de nouveau le bol de neige, qu'il regarda fondre. C'était un début d'après-midi calme, si calme qu'on pouvait entendre les flocons tomber sur les arbres.

Rempli d'eau, le bol chinois lui livra alors ses secrets.

Sous l'effet de la réfraction de la lumière dans la neige fondue, des taches de couleur parurent dans le fond du bol, d'abord presque impalpables. Voilà qui ne s'était encore jamais vu en Europe.

À peine Rabelais osait-il respirer, de peur que cette apparition miraculeuse ne s'évanouît devant ses yeux.

Les couleurs, qui se déployaient pour dessiner le décor, encore vague, étaient le noir, pour le contour des personnages, les yeux, les sourcils, les cheveux, les chaussures, etc. ; le bleu, pour la ligne et les plis des vêtements, les étagères du fond ; le rouge et le vert, pour les ornements des robes, les bords des nattes, les fleurs ; enfin, le jaune, pour les petits objets, les tasses à thé, vases ou encensoirs.

Soudain voilà qu'apparaît la tête d'un Chinois, coiffé d'un couvre-chef, dans lequel Rabelais, pourtant ignorant de ce pays, reconnaît une coiffure solennelle de souverain : une toque noire, de forme rectangulaire, avec des bords plus courts, devant et derrière, où pendent douze rangs de perles, qui forment un rideau. L'homme, qui, à demi nu, exhibe ses parties génitales, semble vouloir s'accoupler avec une femme, assistée de deux dames d'honneur. L'une, au premier plan, soutient les fesses de la femme, tandis que l'autre pousse le dos de l'homme. Deux autres filles se tiennent à leurs côtés, comme des spectatrices amusées.

Rabelais, à l'œil aiguisé de qui nul détail ne peut échapper, examine les mouches rouges et noires, adroitement placées sur le menton, les joues, le front des dames d'honneur. Elles portent des jambières de soie, couvertes de broderies, qui dépassent de l'ourlet inférieur de leurs robes, et cachent leurs petits pieds. Un ruban, dont les extrémités tombent jusqu'à terre, attache les jambières au-dessus du mollet.

Le regard de Rabelais se focalise sur la partenaire sexuelle du souverain : le visage est joli, les traits sont délicats ; le front porte une large tache jaune, en forme de croissant de lune. Contrairement à ses accompagnatrices, elle n'a pas de jambières en soie, elle a gardé ses chaussures, au désespoir de notre écrivain français, qui espérait voir des petits pieds bandés.

Comme dans les représentations de la femme, dans l'art classique occidental, sa peau est blanche, d'une fraîcheur juvénile, ses seins sont ronds et fermes, ses hanches lourdes, ses jambes fines, sa vulve, dessinée avec un grand réalisme, est rouge, avec un clitoris gonflé.

À la surprise de Rabelais, la fille ne semble pas concentrée sur son partenaire, mais elle regarde ailleurs, quelque chose qu'il finit par identifier après avoir mis ses lunettes : un moustique brun, véritable chef-d'œuvre de miniature, d'un brun verdâtre, à l'exception de ses ailes, tachetées de blanc. Rabelais n'a jamais rien vu de plus tendre, de plus riche, que les reflets irisés de ces ailes, riches de toutes les nuances de l'eau.

C'est un miracle artistique tel qu'il a toujours eu envie d'en créer – à part quelques replis dans des vêtements de personnages secondaires, où la main du maître s'est fatiguée. On dirait que l'auteur, qui semble avoir atteint la perfection dans son art, a peint cette scène sur le vif, avec une spontanéité et une désinvolture indépendantes de sa volonté. Rabelais est stupéfait, non par la taille de l'organe intime du personnage masculin – en médecin expérimenté, il a connu des phénomènes de ce genre –, ni par la précision anatomique du dessin, mais par sa couleur.

Les poils pubiens sont clairsemés, le prépuce tiré en arrière, le gland porte une clochette, et la verge est noire, d'un noir absolu, profond, luisant comme l'ébène.

Rabelais accuse son ignorance de la langue chinoise, qui l'empêche de déchiffrer ne serait-ce qu'un seul des signes noirs de cette écriture – peut-on les appeler hiéroglyphes ? Il n'en est pas certain –, tracés verticalement sur la porcelaine, à droite du dessin, comme une sorte de légende, qui donne, suppose-t-il, le titre de la scène et le nom de ce Chinois à gros sexe noir.

Le lendemain, il part en Allemagne, se souvenant que le prince prussien qui lui a offert le bol en possède quatre autres, de même apparence, même couleur, même dimension, le tout formant un ensemble qu'il appelait la quinte chinoise.

XI

Bien que Rabelais fût contemporain de la Quinte Souveraine (je ne saurais dire si cet empereur était rabelaisien, ou si le rabelaisianisme était universel au seizième siècle), entre la mort de Sa Majesté et la « révélation magique » du dessin érotique à Rabelais, il s'était écoulé un quart de siècle, durant lequel, imaginons-nous, la légende du phallus noir du monarque chinois était devenue si populaire en Chine qu'on l'avait immortalisée au fond d'un bol en porcelaine.

Cependant, chers lecteurs, nous n'en sommes pas encore là, du moins pour le moment. Nous allons revenir au Jardin de Chasse impérial, dans la plaine marécageuse du nord-est de Yangzhou, où la greffe de l'organe sexuel, sans doute la première de toute l'histoire humaine, avait été gardée comme un secret d'État, inviolable. Sa nature et son importance exigeant un silence absolu, on avait commencé par faire disparaître le chirurgien responsable de l'opération : après qu'il eut, sur ordre suprême, greffé, sur le pénis de chaque sosie du monarque, une clochette aussi dorée, aussi grande, aussi sonore que celle de Sa Majesté, il succomba, au milieu du mois d'août, à une mort aussi subite que mystérieuse. Quant à l'empailleur, Liu Gonggong – Liu étant son patronyme, et Gonggong, un surnom qu'on attribuait à tous les eunuques –, dont nous avons cité un extrait des mémoires dans le chapitre précédent, plus chanceux que le chirurgien, il avait réussi à s'enfuir vers la capitale.

Il y était entré par la Porte du Triomphe, la plus austère des huit portes de Pékin, qui était réservée au passage du convoi funéraire des Empereurs défunts et de leurs épouses, et par laquelle, chaque année, au printemps, dans un cortège long de plusieurs kilomètres, la famille impériale se rendait aux tombeaux des ancêtres.

Comme il était encore tôt, Liu Gonggong peina à trouver une chaise à porteurs. La veille, il avait plu. Il faisait presque aussi frais qu'au jour de son départ, quatre mois auparavant, alors que l'hiver gelait encore la ville. Il alla donc à pied, dans les rues boueuses, au milieu d'une foule compacte de paysans entrés par la même porte que lui, qui apportaient à la ville des produits de la vie quotidienne. On se bousculait, on se piétinait, on s'insultait, on criait, au milieu des voitures, des chariots, des chameaux et autres bêtes de somme. En toile de fond, dans cet amalgame confus de bruits et d'éclaboussures, un mendiant urinait, une femme sortait ses seins pour allaiter son bébé qui pleurait.

Déjà gâtées par la longue route qu'il avait parcourue, les bottes de Liu Gonggong accusaient de nouvelles dégradations, néanmoins, il avançait vite ; ni la fange, ni la crotte ne pouvaient ralentir son pas.

Enfin, il réussit à monter sur une calèche à deux roues, près de la Porte de la Paix Terrestre. De là, les rues, toutes droites, comme tirées au cordeau, bordées d'établissements commerciaux, de boutiques de soie, de porcelaine, de laque, formaient une perspective presque agréable. Il eut l'impression de retrouver son Pékin. L'air était moins frais, presque tiède. La calèche suivit en cahotant la longue enfilade des planches peintes, vernies, souvent dorées, encore emperlées de la pluie de la veille, placées devant la porte de chaque boutique, sur lesquelles les propriétaires avaient écrit, en gros caractères, la nature de leur négoce. Les paysans pauvres avaient laissé la place aux artisans qui travaillaient dans les maisons des particuliers : des maçons qui charriaient des briques et des sacs de chaux, des tailleurs chargés de rouleaux de tissu, des menuisiers avec des scies et des rabots, des forgerons qui transportaient avec eux leurs fourneaux. Cette foule gênait considérablement la circulation, très dense, des citadins à cheval ou en chaise à porteurs, suivis par leurs domestiques.

C'était l'heure de l'audience matinale, au Palais. La calèche de Liu Gonggong dut patienter, coincée dans le monstrueux embouteillage créé par les milliers de dignitaires, grands mandarins, officiers militaires, princes de sang, assis chacun dans une chaise, précédés par des cavaliers qui leur ouvraient le chemin et suivis par une horde de gardes. Comme chaque matin, tout ce beau monde se rendait à la Cour, pour s'agenouiller devant la Salle du Trône, et saluer la chaise vide de l'Empereur, toujours absent.

De nouveau, une averse tomba, l'eau ruissela sur la capote de la calèche. Liu Gonggong, s'impatientait, se désespérait, l'embouteillage s'éternisait. Soudain, sa voiture, qui la suivait peut-être d'un peu trop près, percuta une gigantesque et splendide chaise à porteurs, aussi longue et luxueuse qu'un wagon – huit hommes robustes en tenaient les brancards sur leurs épaules –, et le cocher se fit insulter. Furieux, l'homme assis dans la chaise en sortit la tête, quand, reconnaissant le visage de Liu Gonggong, il l'interpella, mais ce dernier fit semblant de ne rien entendre, paya le cocher à la hâte et s'enfuit comme un voleur.

Je veux vous divulguer un secret : Liu Gonggong n'osait regagner sa maison, près du Pont Céleste, à l'autre bout de la ville ; il lui aurait pourtant suffi de continuer tout droit, vers le sud, mais après la Tour du Tambour, il tourna vers l'ouest et pénétra dans la rue du Jardin de Bambous.

Il voulait aller chez le Ministre de la Censure – le Grand Censeur –, qui avait mission de contrôler les mœurs de l'Empire, ainsi que les opinions, la fortune et la conduite privée des courtisans et des membres de la famille impériale.

Fatigue, faim, âge, boue, pluie… avaient laissé leur empreinte sur Liu Gonggong, qui ne parvenait pas à se rappeler les traits du visage du Grand Censeur, chez qui il avait pourtant été invité, quelques années auparavant, pour empailler un chat persan, favori de la mère du Ministre.

Tout ce dont il se souvenait, c'était sa robe, une robe qui, depuis quelques jours, ne cessait de lui apparaître en rêve, portée par un cheval rouge feu. Rubescente sous la pluie battante, elle apparaissait devant ses yeux, avec son écusson d'identification – des broderies qui montraient un animal mythique, le Xiezhi, à tête d'ours, renversée en arrière, la gueule grande ouverte, à corps humain couvert de longs poils, à crinière ondulant comme des flammes sur ses épaules et à pattes griffues, dont les deux antérieures étaient levées en l'air. À en croire la tradition, le Xiezhi, capable de flairer le Bien et le Mal à distance, se montrait calme et gentil avec les vertueux et bondissait à la gorge des immoraux pour les mettre en morceaux.

« Le Xiezhi va sauver l'honneur de la Chine », marmonna-t-il sous la pluie, d'une voix enrouée, tout en accélérant le pas.

La rue du Jardin de Bambous, l'une des rares de Pékin à ne pas être droite, sinuait, bifurquait, se ramifiait, et Liu Gonggong ne tarda pas à s'y perdre. Énervé, il se montrait agressif quand il se renseignait sur le chemin à suivre. S'il n'arrivait pas bientôt, son cœur, il le savait, allait lâcher au prochain tournant.

Le miracle qu'il n'osait plus espérer se produisit enfin, sa vue, terriblement affaiblie par son épuisement, s'éclaircit, et il vit, à travers la pluie, le chatoiement des lotus en fleur et le reflet du lac qu'il cherchait, au bord duquel il reconnut, entre des pavillons de princes et des demeures de riches marchands, le portail de la résidence du Grand Censeur.

Elle présentait une façade de quatre travées et cinq cours successives. La cour d'entrée, au sud, regardait vers le nord, face à un mur écran peint en gris bleuté. Les portes d'apparat intérieures s'ouvraient sur un jardin. Le portier fit venir un majordome qui, se souvenant de Liu Gonggong, lui fit traverser une deuxième salle de réception et franchir un deuxième porche, qui donnait sur un autre jardin décoré de grenadiers nains en pot et autres bonsaïs inconnus de lui. Le majordome poussa les vantaux rouges d'une troisième salle de réception, ouverte sur le sud, entourée d'une balustrade laquée de vert, dont le double auvent s'ornait de gouttières décorées. Le majordome l'invita à prendre place sur une chaise, sous des peintures de paysages d'artistes renommés, à côté d'un paravent en marbre et de grands vases de fleurs.

« De quoi devrai-je informer Son Excellence, à son retour de l'audience matinale ? Quel est le motif de votre visite ?

— Il se pourrait que Sa Majesté engendrât des descendants noirs. »

LETTRE
du
Ministre de la Censure
à
MONSEIGNEUR
Le Premier Ministre
et Grand Secrétaire d'État

Monseigneur,

Bien que soit doublée, même triplée, la vigilance ordinairement accordée aux documents classés « secrets d'État », et que tous ceux qui travaillent auprès de Votre Altesse méritent une confiance absolue, je n'ai pu me résoudre à écrire cette lettre dans les formes habituelles. La nature et l'importance de l'enquête que vous m'avez confiée nécessitant de vous adresser non point un rapport oral, mais un compte rendu écrit, je me suis imposé de recourir à l'écriture invisible. J'ai d'abord essayé le jus d'oignon blanc, bien connu des espions professionnels. Mais j'ai craint que sa lecture, au-dessus de la flamme d'une chandelle, ne fût trop pénible à Votre Altesse, compte tenu de l'odeur et de la fumée noire qui s'en dégagent immanquablement. Le sang de grenouille m'a paru, à son tour, une excellente encre sympathique, cependant, elle ne peut être déchiffrée qu'avec le lait d'une femme qui allaite sa première-née, ce qui est incompatible avec l'urgence de l'événement.

Je peux vous dresser, Monseigneur, la longue liste des produits avec lesquels j'ai connu l'échec : le lait d'euphorbe, aux vertus purgatives ; toutes sortes de vinaigres ; le jus d'alizari, extrait de la racine de garance ; le fiel de corbeau ; le sel d'ammoniac ; l'alun commun... Finalement, il m'est apparu que les caractères écrits avec du sperme de baleine – qu'on appelle ambre gris – offrent la plus parfaite lisibilité quand on frotte la feuille de papier avec de l'axonge de chauve-souris. Permettez-moi seulement, Monseigneur, de vous avertir que les mots écrits avec cette substance peuvent produire une aberration chromatique : ils changent de couleur selon l'éclairage, vert à la lumière extérieure du matin, jaune citron sous la lumière intérieure du soir. En revanche, ce que je regrette vivement, la semence du géant de l'océan n'a pas les facultés magiques qu'on lui prête, et sa couleur ne varie point en fonction des sentiments de l'auteur. Sinon, Monseigneur, les mots tracés par mon pinceau auraient viré, devant vos yeux, du jaune au bleu, du tanné au violet, pour vous montrer mon inquiétude, ma peur, ma colère, ma tristesse, ma désespérance même, quant au sujet sur lequel vous m'avez demandé d'enquêter, à savoir les conséquences de la greffe subie par l'Empereur.

Mes démarches, n'en doutez point, ont commencé par des recherches livresques. Étant donné que la Bibliothèque Impériale accompagne toujours Sa Majesté à la chasse, je trouvai des éclairages utiles dans d'anciens ouvrages appartenant à des collectionneurs privés.

L'homme qui, il y a deux mille ans, à l'Époque des Royaumes Combattants – une fois de plus, le passé glorieux de notre Chine a rempli mes yeux de larmes patriotiques –, a inventé la transplantation d'organes, s'appelait Qin Yue, un nom déjà tombé dans l'oubli de son vivant, au profit de son surnom, Bian Que, signifiant « oiseau de bon augure », qu'il devait à ses nombreux voyages et à toutes les vies qu'il avait sauvées du péril.

Il brilla dans presque tous les domaines de la médecine, tour à tour gynécologue au Royaume de Zhao, pédiatre de renom au Royaume de Qin, otorhinolaryngologiste et ophtalmologue à la capitale de Zhou. Il fut le précurseur de la prise des pouls, avec son ouvrage – qui aujourd'hui encore fait référence – intitulé « les pouls battent sous mes doigts comme le cœur d'un oiseau ». Il initia de même l'anesthésie par acupuncture, ce qui lui ouvrit le chemin de la chirurgie et de la transplantation d'organes. Pour la première fois dans l'histoire de l'humanité, il réalisa, sur le visage d'un grand parfumeur qui avait perdu l'odorat, la greffe du nez de son frère, qui venait de décéder. Ce fut le dernier exploit de l'« oiseau de bon augure », victime de la jalousie de ses confrères, les médecins de la Cour, qui poussèrent le roi à le condamner à mort.

D'une façon générale, les Annales de la médecine chinoise sont jalonnées de greffes : doigts, mains, poignets, bras, jambes, genoux, langues, yeux, oreilles, sourcils, lèvres, peau… J'en comptai au moins une par an, sans parler des guérisons miraculeuses par transplantations d'organes, opérées, comme s'il en pleuvait, par des moines, des immortels ou des croyants.

Toutefois, j'eus le sentiment de traverser un désert.

Rien sur ce que nous voulions savoir.

Rien pour calmer votre angoisse.

Pas un livre de médecine qui pût nous garantir un soupçon d'espoir, nous porter une caution quelconque, quant à la couleur de la peau des futurs héritiers de Sa Majesté.

Dès lors, je commençai une enquête orale. Je craignais cette étape comme la peste, car le moindre impair pouvait provoquer un séisme à Pékin.

Un jour, l'idée m'est venue d'interroger M. Wei Yansheng, auteur du *Rou Pu Tuan*, sans doute le roman érotique le plus original et le plus fantaisiste de la Chine, qui narre les aventures d'un lettré qui, en quête d'exploits sexuels, se fait greffer le membre d'un chien. À l'époque de sa parution, l'instruction n'avait pas fourni la matière d'un dossier énorme, mais au nom du principe de vertu publique, je vous avais réclamé, Monseigneur, de lui infliger une punition sévère, ce que vous m'avez accordé, en faisant interdire son roman et en le condamnant à quinze ans de prison.

Lors de l'interrogatoire, que je menai au Tribunal, je trouvai le visage de l'écrivain émacié, sa physionomie comme coulée dans une porcelaine fragile, prête à se briser.

MOI : Avez-vous écrit une suite à votre roman ?
LUI : Non.

MOI : Pourquoi ?

LUI : Mon personnage, à la fin de l'ouvrage, se convertit au bouddhisme et devient moine. Mon pinceau n'a pas la prétention de traiter de la vie de débauche dans un monastère.

MOI : Cette suite pourrait être l'histoire d'un enfant qu'il aurait fait à l'une de ses nombreuses conquêtes féminines, un enfant engendré par son pénis de chien.

LUI : Je vois enfin où vous voulez en venir : à me condamner pour une suite que je n'ai pas écrite. Vous êtes vraiment pervers ! Qui vous donne ce pouvoir ? L'écusson d'identification, brodé sur votre robe comme une mouche, une puce, un moustique, un cafard, une punaise…

MOI : Cet outrage à un représentant de la Justice vous vaudra vingt coups de bâton. Gardes, prenez-le !

Il hurla de douleur, quand le premier coup de bambou cingla ses fesses, déchira son pantalon et sa peau. Il manqua s'évanouir. Le sang lui monta au visage. Le bambou claqua à nouveau dans les mains puissantes du fonctionnaire de garde, qui lui asséna un deuxième coup, encore plus déchirant. Il se mit à pleurer. La bouche de l'exécuteur de la peine remua, comme pour lui dire quelque chose, et il brandit un index devant sa figure.

Veut-il savoir s'il voit bien ? me demandai-je.

Apparemment non. Peut-être ce signe étrange, l'index légèrement incliné, faisait-il partie des conventions, mais je ne sus le déchiffrer. En revanche, je l'entendis murmurer, penché vers l'écrivain : « Pour un dixième de tael d'argent, le coup sera plus doux. »

À deux mètres de lui, il m'était impossible de ne pas l'entendre.

« Il reste encore dix-huit coups, précisa-t-il. Je te fais une offre forfaitaire : un tael.

— Je n'ai pas d'argent.

— Seulement un tael. »

Tout en parlant, en avant-goût de ce qui pourrait l'attendre, il lui donna un coup, qui effleura son dos, aussi doux et affectueux qu'une caresse, alors qu'il paraissait ne rien avoir changé, ni à l'étendue de son geste, ni à la force de sa frappe.

« Je suis sans le sou », dit l'écrivain.

La déception durcit le visage du bourreau, qui redoubla de cruauté. Un sourire méprisant sur les lèvres, il le frappa à tour de bras, comme pour l'assommer.

Je me levai de mon siège, j'interrompis cette mascarade d'un signe de la main, je me dirigeai vers lui, et m'arrêtai devant son corps agonisant.

MOI : Excusez-moi d'insister. Serait-il possible d'écrire une suite à votre roman, qui mettrait en scène un fils engendré par un pénis de chien ?

LUI : Oui.

MOI : Aurait-il des traits caractéristiques du chien ?

LUI : Oui.

MOI : Qu'est-ce qui vous fait dire ça ? Avez-vous des arguments scientifiques ?

LUI : Non, plutôt littéraires.

L'auteur du *Rou Pu Tuan*, répéta, dans les formes juridiques voulues par le droit, ce qu'il nous avait dit au Tribunal. Vous trouverez ci-jointe, Monseigneur, une copie du procès-verbal de son interrogatoire.

Pour tous, le 20 février fut un jour ordinaire, sans histoire, sauf peut-être pour l'homme, dont je tairai le nom, qui fut nommé ce matin-là Ministre des Cérémonies.

C'était la dixième année du règne de Pin An, de la dynastie des Song. La nomination eut lieu dans le Palais, au cours de l'audience matinale. Alors que les grands commis de l'État qui partaient en retraite faisaient leurs adieux, le nom de leurs successeurs fut annoncé par le chef des fonctionnaires. En entendant le sien, le nouveau Ministre des Cérémonies trembla de bonheur. « Je fais enfin partie des hauts dignitaires. »

Tandis qu'il entrait dans la Salle du Trône, avec les autres nouveaux promus, pour remercier l'Empereur, il tremblait de peur que la voix nasillarde qu'il avait depuis son enfance ne lui fût fatale. « Ciel, se disait-il, comment présider une cérémonie et lancer des appels devant l'Empereur et toute la Cour, avec une voix de canard ? Dieu sait combien de cris il faut pousser, d'une voix puissante, quand on est Ministre des Cérémonies. Tous les jours, sa voix – bientôt la mienne – est mise à l'épreuve.

Allait-il démissionner, à cause de sa voix ? Ceux qui le pensent ne connaissent pas les Chinois. Notre qualité principale, c'est de tromper quand on peut. Il n'y a point de nation au monde qui soit plus propre au commerce, elle est l'âme de notre peuple, et le principe de toutes nos actions, surtout lorsqu'il s'agit de vendre ou d'acheter des charges administratives, des plus humbles aux plus prestigieuses. Nul ne saurait imaginer jusqu'où vont notre souplesse et notre subtilité, quand il faut s'insinuer, se ménager l'occasion d'obtenir un poste. À la moindre charge est attaché un pouvoir, et le moindre pouvoir est précieux, car il n'est rien dont on ne peut tirer profit. Ainsi, sa charge de Ministre des Cérémonies avait-elle coûté trente mille taels d'argent à sa famille, et je vous le dis : on ne revient pas en arrière. Une fois magnifiquement vêtu d'une robe qui porte l'écusson brodé de deux paons majestueux perchés sur des nuages, il n'est plus question d'arborer à nouveau celui du rang inférieur, sur lequel un couple de cailles folâtre dans l'herbe. Une fois qu'on est monté sur une chaise dorée, soulevée par huit porteurs et escortée par des officiers portant des parasols, qu'on a lu sur un tableau en bois verni son titre de Ministre, qu'on a entendu frapper sur le bassin d'airain les sept coups dévolus à ce grade dans la hiérarchie administrative, il n'est plus possible d'y renoncer.

Une fois encore, le destin lui sourit : au cours d'une conversation anodine sur la sécurité, le Préfet mentionna la capture d'un prisonnier, trouvé sans connaissance sur la rive du Grand Canal, par un meunier qui l'avait livré à la police, car il correspondait physiquement au signalement d'un évadé pour lequel un mandat d'arrêt était lancé.

« C'est un vendeur de patates douces », précisa le Préfet.

Les yeux du Ministre s'éclaircirent, car il venait d'avoir une idée.

« Comment est sa voix, demanda-t-il, en s'efforçant de ne laisser paraître aucune émotion.

— C'est celle d'un lion qui rugit. »

Il fit immédiatement venir le prisonnier.

« Moi seul puis te sauver, si tu fais ce que je te demande. Crie, hurle n'importe quoi, ce qui te passe par la tête.

— Patates douces, achetez mes patates douces grillées ! »

Son cri dépassait de loin les espérances de notre ministre. La puissance de sa voix avait fait vibrer le papier de toutes les fenêtres.

Une greffe d'organe, même quand celui-ci est prélevé sur le corps d'un ennemi, doit être soumise à certaines limites, voilà ce que les confucéens s'efforcent d'inculquer, et c'est en dépit de cette morale que le nouveau Ministre des Cérémonies crut légitime de s'approprier les cordes vocales d'un prisonnier à la voix d'or pour remplacer les siennes, très défaillantes.

L'opération, qui se déroula dans la plus grande discrétion, fut un succès. Plusieurs décennies passèrent, et le Ministre remplit toujours ses fonctions avec un organe dont la puissance « à faire trembler les fenêtres » devint légendaire. Au fil des années, la rudesse brutale de sa voix diminua, et finit par disparaître, pour se faire de plus en plus autoritaire. Elle avait su capter, absorber même la quintessence des forces les plus subtiles de la Cité Interdite.

La date de sa retraite approcha, les trente mille taels d'argent investis au début de sa carrière étaient largement rentabilisés. Au cours des quelques mois qu'il lui restait à accomplir, il dut se déplacer dans la province du Shandong, dans la région de Qiu Fu, le pays natal de Confucius, pour la commémoration de l'anniversaire de la naissance du Maître, le 20 février, qui était aussi celle de sa nomination au poste de ministre.

Autour du temple de la petite ville, traversée par un affluent du Grand Canal, des centaines de tentes furent dressées pour loger les dignitaires venus de la capitale.

La cérémonie se déroula avant l'aube, comme l'exigeait le protocole. Chaque détail avait été réglé avec la précision d'une horloge. Sous la lumière d'innombrables torches, les officiels pénétrèrent dans le temple par de larges portes, hautes, massives, taillées dans du marbre blanc. Comme lors des audiences matinales, au Palais de Pékin, ils se regroupèrent dans la cour du temple, les fonctionnaires civils tournés vers l'ouest, les militaires vers l'est. L'Empereur fit son entrée dans une chaise à trente-deux porteurs, aussi vaste qu'un bateau.

Au centre de la cour, au sommet d'un monument pyramidal de cinq étages, à base quadrangulaire, entourés chacun par une balustrade en marbre finement sculpté, un pavillon à colonnes de bois rouge et toit de tuiles dorées abritait la statue du Maître de la pensée chinoise.

Avant le lever du jour, les tambours roulèrent, les cloches tintèrent, les fouets claquèrent et le Ministre des Cérémonies, debout sur une estrade élevée pour la circonstance, poussa un cri qui surprit par sa puissance :

« Que la cérémonie commence ! »

Cet ordre fut repris d'abord par les généraux, puis les gardes impériaux, et enfin les soldats. L'Empereur s'inclina devant la statue de Confucius, toute l'assemblée se mit à genoux et se frappa trois fois le front sur le sol.

« Que l'on présente l'offrande de la soie », cria-t-il d'une voix encore plus assourdissante.

Apparut alors un groupe de jeunes filles d'une grande beauté, tenant chacune un bout d'une immense pièce de soie. À cause de leurs pieds minuscules, elles ne marchaient pas à la manière d'êtres humains, mais ondoyaient comme fleurs au vent. Elles gravirent les marches avec si gracieuse sensualité que le Ministre des Cérémonies en fut troublé au point d'en oublier son texte.

Un trou noir de quelques secondes, qui lui semblèrent interminables. Il ruisselait de sueur froide. Comme frappé de surdité, il n'entendit pas ce chuchotement dans son dos :

« Dites : que l'orchestre joue. »

Il était hermétiquement sourd.

Mais pas muet.

C'était étrange, il savait qu'il ouvrait la bouche et poussait un cri, mais ignorait ce qu'il criait.

Comme l'exigeait le rituel, deux généraux répétèrent ce qu'il avait dit. Il voyait étinceler leurs armures éclairées par les torches, il voyait les glands rouges de leurs casques osciller dans le vent, mais il ne les entendait pas. À leur suite, quatre, puis huit, seize, trente-deux gardes impériaux reprirent leur cri, mais pour le Ministre, leurs bouches restaient muettes.

Il recouvra l'audition au moment où son appel, lancé par tout un bataillon de soldats, retentissait comme un tonnerre :

« Achetez mes patates douces grillées ! »

Comment l'ancien prisonnier, ou plutôt un seul de ses organes, ses cordes vocales, avaient-elles eu l'intelligence de choisir ce moment pour ressusciter ? Tout simplement, elles s'étaient fait justice. Leur vengeance avait-elle été délibérée, calculée, programmée depuis leur greffe ?

Des années durant, ces questions continuèrent à torturer le Ministre, plus précisément l'ex-Ministre. Certes, il eut la chance d'échapper à la mort, mais la rébellion de ses cordes vocales en présence de l'Empereur lui fut fatale. Privé de toute fonction officielle, il fut condamné à l'exil, au cœur du désert du Xinjiang, aux marges occidentales de l'Empire, dans une bourgade du nom de Tumusûk.

Sa présence empêcha les habitants de dormir tranquilles : souvent, aux heures les plus tardives de la nuit, ils étaient réveillés par les cris de l'ancien fonctionnaire en disgrâce, sorte de chant pathétique qui sortait de la gorge de ce mort vivant, de ce fantôme errant dans les rues de la ville.

« Achetez mes patates douces grillées. »

Les cris ne se turent qu'au jour de son trépas, pour retentir de nouveau, non pas la nuit, mais tous les matins, dès que la lune se perdait dans les feux de l'aube et que tous dormaient encore d'un sommeil lourd, car le fils de l'ex-Ministre, qui avait hérité de la voix de son père, n'avait pu résister à une impulsion plus forte que la raison, et avait pris le métier de colporteur pour pousser ces cris héréditaires :

« Achetez mes patates douces grillées. »

(Fin du procès-verbal.)

Note du Ministre de la Censure :

En l'espace de quelques jours, je fis le tour des prisons de Pékin, surtout de leurs salles d'interrogatoire, souvent souterraines, où se tiennent les réunions de la gent trotte-menu, qui constitue une phénoménale population pénitentiaire. J'y convoquai des intellectuels prisonniers, tels que l'auteur du *Rou Pu Tuan*, et les soumis aux trois mêmes étapes : questions sur une suite possible à leurs ouvrages, bastonnade, aveux.

Je vous épargne les procès-verbaux, dans lesquels les scribes ont recueilli leurs récits, témoignages, souvenirs personnels, légendes populaires ou locales. Tous vont dans le sens de l'histoire du vendeur de patates douces, mais ils sont hélas moins construits, moins spectaculaires.

En conclusion, un organe transplanté, même parfaitement intégré dans l'organisme d'un autre, garde toujours son indépendance, alors il n'est pas à douter que le sexe greffé continuera à produire un sperme, qui gardera les caractéristiques du patrimoine héréditaire de son ancien propriétaire. Le cas échéant, les futurs héritiers de Sa Majesté seront noirs.

XII

Moi, je veux être vénéré de mon vivant, ne serait-ce que par des prostituées, comme le dieu protecteur de leur profession, et que mon culte se perpétue après ma mort.

Allongé sur un lit, enveloppé dans la fumée de l'opium, sa pipe en ivoire dans la main, Sa Majesté assistait, rempli à la fois de bonheur et de crainte, à l'éclosion d'une vision.

Si cette vision avait les traits d'un rite barbare, à d'autres égards, elle faisait penser à un jardin d'amour, un paradis relevant de l'ordre cosmique, une vraie bénédiction divine.

C'était comme un rêve. Son membre greffé était devenu un objet de culte, un objet sacré que toutes adoraient pieusement. À première vue, il ressemblait à un champignon noir, géant, qui soulevait son chapeau après une tiède averse, et laissait couler un liquide luxuriant sur son cuir, luisant comme l'ébène. Il s'évasait en conque, veiné comme un beau marbre, devenait clochette énorme, scintillant d'un éclat métallique, prenait la forme d'un tronc ; ce phallus noir – c'était incontestablement celui de Sa Majesté, avec les cicatrices roses de sa greffe –, une jeune prostituée l'escaladait comme on monte à un arbre. Difficile de trouver un mot pour nommer cette fête du sexe. Les eaux et les airs semblaient peuplés de couples d'amants et de communautés érotiques, on eût dit un carrousel triomphant : en procession, des jeunes filles, portant des oriflammes au nom de leur bordel, parfois au bras d'hommes nus comme des vers, ou montées sur des chevaux dont la crinière flottait au vent, sur des bœufs, des cerfs, lions, panthères, rhinocéros, hippopotames, éléphants, girafes, et tout le bestiaire des animaux mythiques, licornes, dragons, centaures, griffons, phénix, pégases, hippogriffes, décrivaient un cercle autour de la verge noire – le centre de ce monde paradisiaque –, suivant une piste qui montait et redescendait – tantôt elles étaient soulevées en l'air, tantôt elles retombaient comme des bateaux au creux des vagues – jusqu'à son sommet, où elles demeuraient un instant, pour reprendre leur souffle, avant de pénétrer dans l'orifice de la clochette de métal, où elles disparaissaient.

« Qui d'autre mérite une telle célébration, se disait Sa Majesté, sinon Dieu, qui m'a envoyé ce phallus noir ? Et qui pourrait le célébrer, sinon les prostituées ? Je me réjouis du bien-être que me procure cette greffe, car j'aurais été honteux de me présenter devant mes adeptes avec un membre déficient. Ah ! les filles, je ne vous montrerai, lors de visites incognito, que le meilleur de moi-même, c'est-à-dire une verge en laquelle la force est aussi bien enclose et comprimée que dans une statue. »

Tel était le vœu sincère de l'Empereur : faire le bonheur de toute une profession. Pour l'instant, il gardait pour lui cet engagement, cette promesse, c'était un secret entre Dieu et lui.

Vœu fatal qui le précipitera au tombeau ? Ou vœu salutaire qui retardera l'échéance de sa mort ?

Sortir sans pompe, sans cérémonie, sans le train habituel, sans les marques de Sa grandeur, et se retrouver tout à coup dans un bordel, à exhiber – moment de vérité – un phallus phénoménal... Le plaisir de l'incognito a toujours passionné les princes, c'est une sorte de démission brève, qui met un brin de folie dans leur existence, une fantaisie sans conséquence. Dans cette perspective d'une visite anonyme aux bordels de Yangzhou, Sa Majesté, excité comme un enfant qui rompt avec ses habitudes, eut plus d'idées qu'à l'ordinaire, eu égard à son déguisement. Tout en fumant de l'opium, il imaginait des vêtements qu'il arrangeait, comparait, combinait les uns avec les autres de mille manières.

Il passa en revue les métiers les plus infimes du monde, s'imagina déguisé en paysan, en tailleur, en colporteur, en boucher, en mendiant... Il en conçut d'abord quelque mépris, ils le dégoûtaient, lui faisaient peur, puis il ressentit pour eux de la compassion.

Il avait une faiblesse pour les robes de mandarins, qu'elles fussent celles des fonctionnaires subalternes, brodées de petits moineaux picorant dans l'herbe, ou celles des hauts dignitaires, décorées de paons ou de boas. Il était également tenté par les tuniques de lettrés, en soie, en satin ou en coton. En fin de compte, par quoi n'était-il pas séduit ?

Un déguisement n'aura de prix à mes yeux que s'il accentue le choc émotionnel du dénouement final, à savoir mon déshabillage, le début de mon exhibition. Plus mon déguisement sera ordinaire, banal, plus le contraste sera bouleversant. L'imagination des spectateurs – en l'occurrence, des spectatrices, mes nouvelles adeptes – est une faculté de l'esprit où vont se peindre, se modifier les objets vus, pour se former ensuite en idées, toujours influencées par le premier aperçu.

Dans cette perspective, me déguiser en riche marchand garantirait une surprise totale, qui exciterait dans l'âme de mon public autant d'admiration que de crainte, deux sentiments fondamentaux pour qui veut être adoré comme un dieu protecteur.

On connaissait jusqu'alors des tactiques de séduction, Sa Majesté seule était stratège. Il était capable d'appréhender d'un coup d'œil la topographie du terrain, la psychologie des adversaires, et l'ensemble de la bataille à mener tambour battant. Son plan d'attaque était simple : il lui suffirait de conquérir Mian Mian, la prostituée la plus célèbre de Yangzhou, et toute la profession lui emboîterait le pas. (Bravo ! Lorsque, quelques décennies plus tard, les Jésuites débarquèrent sur ce continent, ces soldats de Dieu, tous individus hautement instruits, doués d'une intelligence hors du commun, ne trouvèrent pas meilleure stratégie : pour convertir la Chine à la Chrétienté, il leur suffirait, pensèrent-ils, de convertir d'abord une personne, l'Empereur.)

La ville de Yangzhou bruissait, depuis deux ans, de centaines d'anecdotes, légendes et ragots sur l'arrogance de Mian Mian, dont certains, rapportés par des eunuques, étaient parvenus aux oreilles de Sa Majesté. Le monarque, qui en avait gardé en mémoire les détails les plus précis, savait très exactement comment il serait reçu. (Très récemment, un prince japonais, venu à la Chine en pèlerinage érotique, était passé rendre hommage à cette « reine du quartier des lanternes rouges de Yangzhou ». Il n'avait pas échappé à la longue trilogie des préludes, malgré le cadeau précieux – deux pièces de tissu : un rouleau de soie de ramie rouge vif et un de shantung vert perroquet – qu'il lui avait fait porter la veille de sa visite.) Dans le meilleur des cas, notre faux marchand serait, comme ce prince japonais, accueilli par une vieille femme qui, prétendant être la mère de Mian Mian, l'inviterait à franchir le porche intérieur, à contourner la grande salle de réception, traverser un jardin, passer sous une colline artificielle, faite de roches du lac Tai, avec des cascades miniatures, puis sous une tonnelle de rosiers grimpants, entrer dans un pavillon à deux étages et s'installer dans une grande salle, au rez-de-chaussée, sur une chaise basse, dans le style de celle du célèbre lettré Su Dongpo, en rotin de Birmanie, à clous d'or et incrustations d'agate du Yunnan. Elle le prierait d'excuser le retard de sa fille, dont la sieste se prolongeait, lui ferait porter du thé aux amandes dans un gobelet de laque ciselé, qu'elle poserait sur une table à plateau de marbre, les pieds ornés de mantes religieuses et de libellules. (Les mauvaises langues prétendaient que c'était une représentation des noces barbares de la mante religieuse, qui dévore son partenaire juste après l'accouplement.) Sur la table, il y aurait un antique brûle-parfum en bronze, en forme de grue, par le long bec de laquelle s'échapperait la fumée légère d'un encens exquis.

Après la consommation du thé et l'extinction totale du bâton d'encens, la reine Mian Mian brillerait toujours par son absence. La vieille reviendrait, s'excuserait de nouveau, et lui ferait servir un repas. On lui apporterait alors une paire de baguettes en ivoire et un plateau à huit compartiments, pleins de mets raffinés, pattes de canards, lamelles de veau séchées, parfumées à l'osmanthe, filets de poissons argentés, graines de lotus fraîches, noix nouvelles macérées... (Je demanderai du vin de raisin, se disait le faux marchand, qu'on me servira dans un pichet d'argent, avec un gobelet d'or en forme de fleur de lotus.) Enfin, on approcherait de la dernière partie de la trilogie : la vieille maquerelle s'inclinerait à quatre reprises, en guise d'excuses. « Permettez-moi de vous accompagner, Monseigneur, jusqu'à la porte de la salle de bains, car ma fille, de nature fragile et nerveuse, supporte mal la moindre malpropreté. » Une baignoire en marbre scintillerait dans la pénombre d'une salle, et il se plongerait dans l'eau tiède et parfumée. À la fin de ce prélude aquatique, la reine apparaîtrait enfin, dans sa bibliothèque aux murs couverts d'étagères pleines de livres à couvertures en laque dorée, de cadeaux de ses visiteurs : rubans, turbans, ouvrages en soie, pinceaux, encre, pierres... et d'une corbeille de cartes de visite. Elle l'inviterait à s'asseoir sur un fauteuil incrusté de nacre, près d'un grand lit enveloppé de rideaux de taffetas blanc, semé de fleurs, d'arbres et d'oiseaux brodés au fil d'or et de soie, à travers lesquels il apercevrait le cadre en bois, véritable pièce d'ébénisterie d'art, orné sur trois faces de figures sculptées, avec un plafond peint représentant un palais dans les nuages. Ce lit, disait-on, était une véritable alcôve, avec un miroir d'un côté, et de l'autre, une console à tiroirs, en laque dorée, sur laquelle une bougie était toujours allumée, dans un plateau d'étain. Comme dans une pièce à part entière, l'alcôve, d'où s'échappait toujours un délicieux parfum, avait des fenêtres et une porte coulissante, qui se fermait avec un cadenas. Assise à l'intérieur, la reine porterait un chignon rehaussé de fils d'argent, des pendants d'oreilles en améthyste damasquinée d'or, une chemise étonnamment sobre, en simple taffetas à doublure dorée, et une jupe de gaze blanche, au bord de laquelle il découvrirait une paire de chaussons roses, recourbés comme un croissant de lune nouvelle. Ses doigts fins et blancs, aux ongles faits, glisseraient sur les cordes d'un luth, et elle jouerait un air de Liu Yong, comme elle l'avait fait pour le prince japonais.

Ah ! Mian Mian, reine de beauté et d'élégance, mon amour, ne sois pas en colère si ta musique – que ton hôte japonais, en bon connaisseur, a comparée aux murmures de hautes cascades, déroulant, pour ses seules oreilles, leurs nappes de cristal dans de larges précipices – provoque en moi un autre son musical, limpide, à l'éclat métallique : le tintement argentin et cuivré d'une clochette, qui aura envie de te rejoindre, de participer au concert, en duo avec toi.

Je sais que tu es toujours furieuse si la plus petite goutte des cataractes de ton Paradis cesse de couler.

Mais la clochette continuera à faire vibrer ses notes, tel un carillon joyeux.

Tu soulèveras les rideaux de taffetas pour mieux voir où se cache le coupable. Ton regard soupçonneux, inquisiteur, scrutera ma braguette, autour de laquelle semblera flotter une voluptueuse aura sonore, alors, ma clochette se taira, comme ayant peur d'être disputée par toi.

(Une petite précision : je ne porterai point de ces culottes qu'on appelle « chausses à queue de merlu », qui chauffent les reins, mais une que j'ai fait faire sur mesure par les costumières de la Cour, après ma greffe : une culotte à la galante braguette, en étoffe légère et transparente de Koupu, un végétal du Fujian, sorte d'arbrisseau rampant à feuilles odorantes, plus grandes que celles du lierre, vertes à l'intérieur, duveteuses à l'extérieur.)

Un stratège n'ignore jamais la tactique, car une mauvaise tactique peut ruiner la meilleure des stratégies. Une conquête gagnée sur le papier peut toujours être perdue à cause d'un détail : le choix du moment de l'attaque.

Enfin, viendra l'instant de mon déshabillage, et ce sera le choc : le luth s'échappera de tes mains, tombera sur le carrelage en porcelaine, tu te lèveras, sortiras de l'alcôve en chancelant, et tu t'approcheras du marchand nu, d'un pas de somnambule, le regard fixe. Pareille à cette femme du Palais, à qui j'en ai fait récemment la démonstration, tu éclateras en sanglots, comme une petite fille, devant la grandeur pharaonique et la beauté d'ébène de mon membre.

Tes larmes me feront penser à celle qui m'est apparue en rêve, ce matin, qui montait sur mon phallus géant, comme on grimpe à un arbre.

« Attendez, me diras-tu, ne bougez plus.

— Qu'est-ce qu'il y a ?

— Votre clochette, elle bouge toute seule en moi. Elle se met en branle, elle tourne, je la sens. À présent, elle chante. Vous entendez ? »

Elle chante, je le sais, au contact de la chaleur vaginale. Nous goûterons alors une pure extase, une jouissance dont le récital de ma clochette nous dessinera les lignes, nous soulignera les formes, nous exhibera les couleurs.

Pour ça, tu as de l'oreille.

Il se plaça devant un grand miroir de bronze, pour peaufiner son déguisement. Sur une robe de marchand, il noua une taillole de soie verte, doublée de soie grège à reflets d'eau, où des nuages de bon augure mettaient en relief les huit trésors. Mais elle était trop longue, il lui fallait s'en ceindre trois fois les reins. Finalement, il opta pour une cordelette jaune, à doubles pompons. Puis il choisit une paire de genouillères lie-de-soja, ornées des trois amis du lettré : le pin, le bambou, le prunier, et des chaussures en satin sombre. Une simple épingle en plaqué or pour fixer sa coiffure et un chapeau mou d'homme du peuple, mais un beau chapeau, avec un renfoncement en forme de praire et des cordons neufs.

Il ne doutait pas de l'issue de sa visite incognito : dans quelques heures, quand le jour se serait levé sur le Grand Canal, on ne parlerait plus que d'une chose, dans tous les bordels de Yangzhou : du sexe noir d'un mystérieux marchand, de taille monumentale, pour lequel des centaines, des milliers de prostituées se rueraient vers la maison de Mian Mian, formant une file interminable de plusieurs kilomètres dans les rues, avides d'admirer ce phénomène devant lequel, comme un artiste devant un chef-d'œuvre, un croyant devant un miracle, elles pleureraient en silence, avant de tomber à genoux.

Il ne souhaitait pas que son triomphe provoquât la colère collective des mâles de la ville, pourtant, tout portait à croire qu'on assisterait à une émeute, car, soulever la question de la taille de leur membre viril, sujet des plus sensibles chez tous les hommes, pourrait les transformer en fauves féroces, capables de tuer, d'incendier la maison de Mian Mian, afin de sauver la face et de garder leurs femmes dans l'ignorance de leur faiblesse.

Que faire ? Sa Majesté était dans l'embarras, d'autant qu'il lui était impossible de prévenir la police du danger, puisqu'il s'agissait d'une visite incognito. La seule solution était de maintenir les hommes dans l'ignorance. Après avoir mûrement réfléchi, pesé le pour et le contre, il envisagea deux mesures : d'abord, faire payer chaque visite. Pour cela, la maquerelle de Mian Mian pourrait se convertir en caissière ; ensuite, interdire l'accès aux femmes autres que des prostituées et faire afficher sur la porte d'entrée la liste des professions refusées : les entremetteuses, les tisseuses, les sorcières, les vendeuses de fleurs, les porteuses d'eau, les poétesses, etc.

Bien que son déguisement fût achevé, Sa Majesté tardait à quitter le miroir. Incontestablement, c'était une réussite, dont il était fort satisfait, même s'il n'avait jamais imaginé devoir mettre autant de soin et de vigilance à se rendre méconnaissable que pour préparer une sortie officielle.

Son seul regret était ses ongles, guère moins longs que ses doigts, ce qui, d'un point de vue réaliste, était peu crédible pour un marchand. Pourtant, il ne voulait pas en faire couper ne fût-ce qu'un millimètre, par crainte de créer un écart qui, même léger, pourrait ruiner la parfaite similitude, cette merveille accomplie, entre lui et ses sosies. N'oublions pas la rigueur avec laquelle il leur avait fait greffer, par son chirurgien, une clochette d'une ressemblance parfaite avec la sienne, de même qu'il avait fait peindre leurs pénis en noir.

Alors quoi d'étonnant si, dans l'incapacité de synchroniser la croissance de leurs ongles, les cinq hommes s'appliquaient tous les jours à en uniformiser la longueur ?

Quoi d'étonnant encore si, avant son départ, il avait fait venir le Lait de la Quinte sous sa tente, afin que personne ne remarquât son absence.

Légèrement vacillante, la silhouette d'un bateau (non point une simple jonque, mais un vrai bateau de navigation, avec, à son bord, un riche marchand à beau chapeau aux cordons neufs) glissait lentement sur le Grand Canal, entre d'interminables rizières. Le batelier frappait des coups de gong, chaque fois que son bateau passait à proximité d'un village ou d'une petite ville, afin de s'annoncer et d'attirer d'éventuels passagers. Il traversa un détroit nommé « Fard de Femme », creusé dans des roches roses. Le marchand bavardait avec son guide, un officier de Yangzhou qui, pour la circonstance, portait une robe de civil en coton écru, sans ourlet, un couvre-chef en lin, dont les rubans tombaient sur ses épaules, et des sandales de paille.

Le marchand voulait se renseigner sur les troupes de soldats massées, à intervalles réguliers, sur les deux rives du Grand Canal, mais son guide ignorait le pourquoi de cette disposition « hors du commun ».

Après l'écluse de Yan Min, le bateau dévala le fleuve Huai, large d'une demi-lieue, dont le cours est si rapide que ses tourbillons engloutissent ou diminuent de moitié les nombreuses îles qu'il rencontre sur son passage, pour en former de nouvelles. Il est difficile de trouver un mot pour désigner la couleur de ses eaux, il faut le voir pour le croire : c'est une sorte de brun rougeâtre, proche de la rouille. Ce fleuve est si énorme, presque sans limite, qu'on le prendrait presque pour une mer. Les yeux du marchand, qui cherchaient l'horizon, rencontraient sur ses flots d'acier des colombes éblouissantes, qui étaient en fait des voiles de jonques. Avant d'atteindre l'écluse de Jin Shan, sa surface se recouvrit d'une brume presque violette, de laquelle surgissaient parfois des embarcations si gigantesques qu'elles auraient pu transporter des villages entiers. De véritables maisons, avec des murs et des toits, étaient construites dessus. On y voyait des volailles, des chiens, des chats…

Vers trois heures de l'après-midi, Sa Majesté – le faux marchand – faisait la sieste, quand il fut soudain, et sans savoir comment, projeté en l'air. À peine eut-il le réflexe de saisir les barreaux de son lit pour ne pas se retrouver à l'autre bout de la cabine. Le bateau semblait suspendu à plusieurs dizaines de centimètres au-dessus de l'eau. Dans cette position aérienne, il entendit, comme en rêve, un chant de haleurs.

L'écluse de Jin Shan se dressait entre deux cours d'eau, dont les niveaux avaient plus de quinze pieds de différence. Le plus haut, celui du Grand Canal qu'ils devaient rejoindre, d'un brun argileux, chutait comme un torrent dans les eaux bouillonnantes du second, le sombre fleuve Huai.

Les haleurs entourèrent le bateau de grosses cordes, et le levèrent peu à peu, au moyen de cabestans, jusqu'au niveau du Grand Canal, sur lequel il devait poursuivre sa route.

Sur les deux rives, des troupes de soldats étaient toujours stationnées à intervalles réguliers, ce qui inquiéta de nouveau le monarque.

Vers la fin de l'après-midi, les murailles de briques de Yangzhou apparurent enfin. Elles avaient été construites il y a si longtemps que, dans les fissures et interstices de leur maçonnerie, poussaient des arbres centenaires, et elles étaient si hautes, que leurs créneaux et tours de guet, argentés de lichens et noircis de mousse, semblaient se perdre dans la lumière fuyante du crépuscule. Au pied de cette enceinte, des douves remplies d'eau dormante protégeaient la citadelle. Un ponton permettait aux bateaux d'accoster.

Au sud de la ville, la porte de la Paix du Fleuve allait bientôt se refermer. Les voitures et les chariots de colporteurs, lourds d'une infinité de charges, se bousculaient pour rejoindre le pont du bateau, au risque de le faire couler, tandis qu'une longue file de chaises à porteurs serpentait en sens inverse, pour entrer dans la ville.

Le faux marchand dut attendre une voiture pour pénétrer dans la cité, et il profita de cette pause pour allumer une pipe d'opium et goûter le fameux plat local, les vermicelles de Tu Fu, dans une auberge près du ponton. Enfin, il monta dans un carrosse, dont le grand âge se lisait à ses rideaux poussiéreux, aux panneaux bosselés de sa caisse et à ses bancs en bois nu. Dans le désordre général, il franchit la porte de la Paix du Fleuve, sans qu'un garde lui posât de question.

Il était certain que, dans le Jardin de Chasse, nul n'avait encore remarqué son absence.

Prenant la direction du quartier des « lanternes rouges », sa voiture emprunta la grande avenue parallèle au Canal Intérieur, qui partageait la ville en deux : la vieille ville et la ville nouvelle. Après la douane, elle longea les murailles, pénétra dans le quartier des riches marchands de sel, où le Canal Intérieur était bordé de somptueuses façades silencieuses, et rejoignit le quartier des artistes, au nord-ouest de la ville nouvelle. C'était un quartier calme, gris, poussiéreux, mais charmant, avec son temple de la Paix Céleste, autour duquel habitaient de nombreux peintres, et son monastère en bois de bambou. Sa Majesté écarta les rideaux du carrosse pour savourer la musique et les chants qui emplissaient l'air. Ils passèrent devant des maisons de conteurs, des théâtres et des opéras, suivirent le tronçon nord des douves, franchirent le pont de l'Arc-en-Ciel, tournèrent vers l'ouest, traversèrent la place de la Grande Parade, longèrent la rue de la Sagesse et de la Vertu, puis celle des Saules du Nord, atteignirent le temple de la Longue Vie, rejoignirent le bord du Canal et montèrent sur un bateau de passeur, qui les mena jusqu'au quai opposé, où se trouvait le quartier des prostituées, dit des « neuf ruelles ».

Le chiffre neuf, ici comme souvent ailleurs, était synonyme d'infini. Au début de chacune des innombrables venelles, une plaque métallique indiquait son nom. Ces noms, qui défilaient, les uns après les autres, devant les yeux de Sa Majesté auraient dû l'attendrir, le mettre en émoi, car si l'écriture des uns brillait d'une élégance aux nuances exquises, les autres envoûtaient par leur sonorité subtile, sensuelle, souvent exubérante. Dès le début de sa partie de chasse, un professeur lui avait enseigné, trois fois par semaine, le dialecte de Yangzhou, se servant, pour ses leçons, d'une lithographie qui, vue de loin, ressemblait à un tableau noir, et de plus près, se révélait être un panorama à vol d'oiseau de l'ensemble du quartier des « neuf ruelles », véritable toile d'araignée où, sur le fond noir, la tumultueuse profusion des petites rues était rendue par un nombre infini de traits blancs, dessinés avec une netteté digne des meilleures gravures, qui s'étiraient, serpentaient, à la manière de fils de soie, de fins cheveux de lumière, presque invisibles.

Cependant, le nom des ruelles ne provoqua, dans le cœur de Sa Majesté, pas plus d'attendrissement que d'émoi, tant la surprise qui l'attendait était de taille : le quartier était désert.

Le carrosse continua à traverser cet étonnant quartier : pas une prostituée, pas un client, pas un enfant, un vieux ou une vieille. Pas un être vivant. Son guide, incapable de lui donner une explication, s'arrachait les cheveux. Pourtant, partout l'air était encore imprégné d'odeurs : celle des braises sur lesquelles on avait fait griller des patates douces, celle de l'huile dans laquelle on avait rissolé des scorpions, celle des ordures qu'on avait jetées sur la chaussée, des pots de chambre alignés devant les maisons, et de toutes les saletés qui ruisselaient sur les dalles.

Sa Majesté se souvint que, comme il l'avait fait reproduire à bord de son grand vaisseau, il y avait trois catégories de bordels. À en croire son guide, ils se trouvaient dans la première, celle des cabanes fréquentées par les soldats, les marins, la racaille locale, dont les portes, aux gonds mal graissés, miaulaient ; des portes en bois, en fer, en bambou, en pierre, en paille, à un ou deux battants, rectangulaires, carrées, hautes, basses, rondes, en losange, ou en demi-cercle, au-dessus desquelles, dans des lanternes rouges, étaient posés de minuscules chaussons de femme, en soie délicate, de la taille idéale d'un pied féminin : à peine plus long que l'orteil d'un homme normal. Le monarque fit arrêter son carrosse devant une de ces cabanes, et y lut l'écriteau : taille du pied : vingt centimètres. Prix : cent sapèques.

Mais il n'y avait personne. Seule la poussière dansait dans la lumière rosée de la lanterne. Du bout des doigts, il effleura les murs du taudis, ils étaient minces comme des feuilles de papier, et devaient laisser passer les cris de la rue, les halètements des clients voisins, les braiments de leurs mulets, et toute la confusion environnante. Mais ce n'était là qu'imagination, car tout était silencieux. À un moment, il crut flairer l'odeur épicée des gambas grillées, que l'on déguste entre deux coïts, et même le parfum camphré des longues bandelettes qui entourent les pieds des femmes. Mais là encore, ce n'était qu'illusion.

La traversée se poursuivit dans un silence de mort, seulement déchiré, au bout d'une venelle, par un miaulement de chat. Quand il s'en approcha, le faux marchand vit que c'était un persan, à fourrure gris perle, parsemée de noir. Mais le chat s'enfuit.

Ils atteignirent ensuite le secteur des bordels de deuxième catégorie, les cabarets destinés aux petits notables, aux commerçants et aux officiers de l'armée. Emblèmes de ces maisons, les lampions en soie, abrités sous des feuilles de bambou tressé, étaient encore allumés, comme pour continuer de proposer des lits, au premier étage, de même que des vapeurs odorantes s'échappaient encore des cuisines, où on avait préparé des centaines de plats. Sa Majesté entra dans un cabaret, où elle s'engagea dans un long couloir, puis passa devant une suite de portes coulissantes, certaines fermées, d'autres entrouvertes, qui abritaient des cabines, où elle vit des tables dressées, avec des bols, des assiettes remplies de mets, des verres pleins d'alcool, mais point de convive. Dans ce couloir interminable, le monarque avait l'impression de visiter un musée des alcools. D'innombrables étagères tapissaient les murs, comme un vaste échiquier, dont chaque case était remplie par un bocal plein d'un breuvage aphrodisiaque, où flottaient des plantes tropicales, des racines à formes d'embryon humain, des serpents qui se tordaient, des yeux de lion, des pattes d'ours, des os de tigre, des carapaces de tortue, des défenses d'éléphant, des dents de rhinocéros, des mille-pattes, des fourmis géantes, des araignées rouges, des pierres d'agate, d'onyx, de jade, de chrysoprase… Il éprouvait une sorte de vertige dans son échange de regards muets avec ces monstres qui l'entouraient. Sa tête tournait. Un bruit le fit sursauter, et il lui fallut un petit moment avant d'y reconnaître les tintements de sa clochette, bien au chaud dans sa braguette. Mais ces tintements, d'habitude joyeux et rythmés comme ceux du carillon d'une fête populaire, avaient, en cet instant, une résonance lugubre, funèbre comme le glas du célèbre beffroi de Yangzhou, qu'on appelait la Tour Blanche. « Qu'est-ce qu'il y a comme écho, ici », dit-il. Effectivement, les murs répétèrent ses dernières syllabes. Soudain, il eut le sentiment d'être emprisonné dans un étau invisible, qui se resserrait autour de lui, lorsqu'il aperçut le fœtus bleu pâle d'un singe, des crânes de créatures dont il ignorait le nom, et surtout, un sexe de cheval – il fut contraint d'appuyer son front contre le bocal pour l'identifier –, turgescent, démesurément gros, qui ressemblait au sien, la clochette en moins, avec ses veines gonflées, qui laissaient transparaître la couleur du sang caillé, ses fibres musculaires, ses corps cartilagineux.

Sur la paroi glaciale du bocal, il crut voir le reflet de son visage, où perlaient des gouttes de sueur. À sa surprise, la nausée qu'il éprouvait s'accompagna d'une idée de fantaisie chirurgicale : et s'il se faisait greffer un sexe de cheval ?

Puis il se retrouva dans une autre pièce, au milieu de laquelle il l'aperçut, trônant dans toute sa splendeur, ce fameux bocal dans lequel macérait une horloge de cuivre, cadeau d'un missionnaire belge à un dignitaire local. Il reçut un choc lorsque, sous ses yeux, la longue aiguille se déplaça sur le cadran fleuri d'enluminures, pour marquer le passage d'une minute. La saccade de l'aiguille le fit sourire, il se sentit de la sympathie pour cette machine qui, en dépit de sa condamnation à la noyade perpétuelle, persistait encore à arracher la soixantième partie d'une heure à l'éternité. Malgré les efforts de son guide pour l'en dissuader, il demanda à ses gardes du corps de lui trouver un verre et de lui servir de l'alcool de ce bocal. Il le but d'un trait, après avoir porté un toast au dieu du Temps. L'effet fut aussi immédiat qu'hallucinant, et son cœur faillit s'arrêter de battre quand il entendit un bruit de tic-tac s'échapper de sa bouche, tandis que ses bras oscillaient comme un balancier, au rythme régulier du grelot de sa clochette. Son guide craignait qu'il ne se mît bientôt à imiter le son de la trompette qui marquait les heures – l'horloge les sonnait encore dans le silence éternel de sa tombe aquatique –, mais il ne poussa point le ridicule jusqu'à jouer ce numéro. Toutefois, le bruit de tic-tac persista, quand il reprit place dans le carrosse. Il lui sembla même que la voiture, tremblant de toute sa carcasse aux articulations multiples, roulait, non point sur des roues, mais sur un mécanisme horloger. Les essieux faisaient tic-tac, la carrosserie faisait tic-tac, la bâche faisait tic-tac, chaque tressautement était un tic-tac, et ce bruit monta en puissance, jusqu'à ce que Sa Majesté n'entendît plus la discussion entre son guide et le cocher.

Il fit arrêter le carrosse. Ses deux gardes du corps sortirent de la voiture. Tandis que le premier de ces deux colosses surveillait les alentours pour assurer la sécurité, l'autre, supposant le monarque pris d'un besoin naturel, lui présenta un seau d'aisances, à genoux. Sans daigner lui jeter un regard, Sa Majesté descendit de la voiture et s'en alla à pied. Mais ses pas, sur les dalles de pierre sombre, produisaient toujours ce sinistre tic-tac, qui se répercutait dans les ruelles désertes. C'est seulement quand il accéléra l'allure, pour se lancer dans une course nocturne, que le bruit d'horloge se tut enfin, et qu'il fut libéré de l'omniprésence de ces sons. Soulagé, il savoura le bruit des pas des gardes du corps qui le suivaient, le petit trot régulier du cheval, le cliquetis des essieux du carrosse. L'air était maintenant léger à respirer, lumineux comme une gaze. Le calme profond qui régnait dans les rues vides n'était animé que par l'échange de regards secrets entre les maisons désertées, qui se faisaient face, par le battement d'une porte dans le vent, le grelottement d'une guirlande coupée, dont chaque bout flottait d'un côté de la rue, et surtout par le carillon joyeux de sa clochette, un peu étouffé dans la chaleur de sa braguette.

Il avait l'impression de voler, ses pieds ne touchaient plus terre. Il ne parvenait à croire qu'il pût courir à cette vitesse sans être trop essoufflé. Il tourna la tête, sourit à ses poursuivants. À présent, le carrosse se traînait, loin derrière, il avait l'air d'un crabe. Il dénoua sa ceinture pour accélérer son train. Puis, sans savoir pourquoi ni comment – quelques siècles plus tard, des historiens tenteront d'expliquer ce geste scandaleux par un délire de sauveur sans personne à sauver, d'un roi sans sujet, d'une vedette sans public –, alors qu'il pénétrait dans la zone de la troisième catégorie, celle des maisons des courtisanes, il se retrouva nu comme un ver, dans le brouillard de la nuit.

Les deux colosses muets n'échangèrent pas une parole, ni ne firent le moindre geste. Le visage inexpressif, ils se contentèrent de ramasser, après la ceinture, le chapeau, la robe, la veste, la chemise, les genouillères, les pantalons, puis la culotte du faux marchand.

Soudain, notre coureur, qui n'était plus vêtu que de ses chaussures, fut frappé par une odeur qui flottait dans l'air, une odeur qu'il avait connue dans le passé. « Qu'est-ce que c'est ? » se demanda-t-il en fouillant dans sa mémoire. Mais il ne parvint pas à s'en souvenir.

Il s'engagea dans une rue bordée de petits jardins, derrière lesquels se détachaient des maisons de courtisanes, dont la plupart étaient allumées. De la rue, il pouvait distinguer leur luxueux intérieur, baigné d'une douce lumière : des meubles laqués, des chandeliers étincelants, des miroirs de bronze, des paravents de marbre, des vases de porcelaine. Tout cela ressemblait au somptueux décor d'une pièce de théâtre, brusquement interrompue. Car il n'y avait plus de comédiens.

Sans ralentir le pas, il humait l'air, pour identifier cette odeur dont il ne se souvenait plus, et qui le poursuivait dans sa course. En vain. Elle était comme la queue d'une sirène, insaisissable.

Sans doute le contact de l'air sur sa peau nue lui illumina-t-il l'esprit, car il se sentit soudain touché par le doigt du ciel. Pour la première fois depuis longtemps, il osa lever la tête et scruter la voûte si haute, si mystérieuse, comme pour interroger son destin.

À première vue, l'étoile orange – son ennemie – avait disparu. Ses yeux s'embuèrent aussitôt, sa vision se fit floue, un flou total, monumental. Ai-je enfin échappé à la mort qui, depuis quelques mois, me guettait, tapie dans la nuit ?

Il ralentit le pas, se frotta les yeux, et, ce faisant, sans aucune raison particulière, il se rappela la nature de l'odeur qui lui avait jusque-là échappé.

« L'odeur de l'éléphant après la pluie. »

Il respira à pleins poumons. Le corps baigné dans la douceur nostalgique de cette nuit, il se délecta du merveilleux parfum de son enfance.

Il eût pleuré de bonheur, s'il n'avait jeté un nouveau regard, furtif et hasardeux, vers le ciel.

La constellation maudite avait la tête en bas, un peu plus haute, plus proche de la lune, mais elle était toujours là, enfouie dans une nappe de petits nuages, qu'elle éclairait de sa présence.

Triste !

Il commença à sentir l'obscurité se resserrer autour de lui. Dans les replis de la nuit, dans ces maisons qui ressemblaient à un décor, de petites lumières palpitaient encore, mais pour combien de temps, puisque le spectacle s'était brusquement arrêté ?

XIII

Sur le chemin du retour au Jardin de Chasse, à proximité d'une écluse, à dix kilomètres de Yangzhou, le bateau sur lequel Sa Majesté voyageait toujours incognito, après son aventure dans le quartier des prostituées, fut bloqué par une longue file de jonques. C'était la même écluse qu'il avait franchie quelques heures plus tôt, dont la seule évocation faisait frémir ses usagers, non seulement à cause de ses fonctionnaires corrompus, qui exigeaient de grosses sommes d'argent pour en accorder le droit de passage, mais surtout du fait de la différence considérable de niveau des eaux du Grand Canal avec celles du fleuve Huai, qui rendait particulièrement long et pénible son franchissement.

Sa Majesté, qui avait remis ses habits de marchand, s'approcha d'une fenêtre et l'ouvrit. Au milieu des astres, sa mauvaise étoile emplit de son éclat l'intérieur de la cabine, comme si elle y était entrée tout entière.

Conformément à ce qu'il avait lu dans les rapports des astronomes sur ses variations de couleur, il en déduisit qu'il était environ onze heures, car son orangé était plus froid, moins doré, moins vermeil, bien que son feu fût encore très pur.

Il monta sur le pont pour découvrir l'ampleur de l'embouteillage : sur plusieurs kilomètres, les mâts des jonques étaient si nombreux, si serrés, qu'on ne voyait même plus le Grand Canal. Toutefois, un sentiment de malaise l'étreignit à nouveau, car la sensation de spectacle brusquement interrompu se répétait : toutes les jonques étaient désertes. Leurs coques s'entrechoquaient avec des bruits mats, mais il n'y avait personne à bord. Leurs voiles – des nattes épaisses ou de grosses toiles de coton – se gonflaient comme des ballons, mais il n'y avait point de pilote. Les gouvernails étaient sans timonier. Les innombrables mâts ressemblaient à une forêt d'arbres morts.

Soudain, un léger bruit de chute déchira la monotonie clapotante des eaux du Grand Canal.

C'était une belle nuit de pleine lune. Les contours des champs, des arbres, des maisons entourées de bosquets de bambou et des lointains villages se profilaient sur les deux rives. De grosses fleurs jaunes – étaient-ce des chrysanthèmes ? – luisaient dans la nuit, comme autant de répliques de la funeste étoile, dont la teinte avait perdu ses nuances chaudes.

Flanqué des deux colosses qui lui servaient de gardes du corps, l'Empereur la vit soudain monter, avec la fulgurance d'un éclat de diamant, s'arrêter un instant et reprendre son ascension.

Un nouveau bruit de chute brisa sa contemplation du firmament. Tous scrutèrent les environs. À vingt mètres d'eux, juché sur l'arête supérieure d'un gouvernail, à la poupe d'une jonque, un corps sombre se tenait dans une position ambiguë, qu'on eût pu qualifier d'amphibie.

Un homme ?

Peut-être. Pourtant, sa posture faisait penser à celle d'un oiseau, et d'ailleurs, lorsqu'il toussota, il émit un cri de cormoran.

Un dernier bruit. C'était bien un homme : marquant la fin de sa défécation, il fléchit les jambes, plongea son fondement dans l'eau du Canal, le nettoya avec ses doigts, se leva, et rattacha son pantalon avec une corde en paille.

« Vieux père, cria un garde du corps. Venez par ici. »

Le bonhomme sursauta, et faillit laisser retomber son pantalon. Le garde ne s'était point trompé : il avait au moins soixante ans, et il était torse nu, comme la plupart des travailleurs.

La main en écran, il plissa les yeux et examina la tenue de ses interlocuteurs. La robe de Sa Majesté, son couvre-chef en forme de praire et la taille des géants qui l'accompagnaient en tenant des lanternes l'incitèrent à se courber humblement.

« Une question me taraude, lui dit l'Empereur, qui dut crier, à cause de la distance qui les séparait. Réponds-moi, et je verrai si ta réponse mérite ou non quelque récompense. Est-ce que l'attente est longue, en ces lieux ?

— L'attente ? Qu'est-ce que vous voulez dire ? » demanda le vieux, en se tournant vers les gardes du corps.

« Où sont les gens ? reprit Sa Majesté. Réponds-moi. Où sont-ils ?

— À l'écluse.

— Pour quoi faire ?

— Voir les putains, qui font un spectacle.

— Les prostituées de Yangzhou ?

— Si c'est comme ça que vous appelez les poulettes, les prosti...truc, elles y sont toutes.

— Voilà ! Tout s'explique. Je sais maintenant pourquoi les bordels étaient vides. Allez, donnez-lui quelques sapèques de cuivre, pour ce renseignement. »

Le vieil homme, tel un acrobate, rattrapa en plein vol la ligature de pièces qu'on lui jeta, puis il se courba à nouveau pour remercier le seigneur de sa prodigalité.

« C'est une fête locale qu'on célèbre à l'écluse ?

— Non, c'est pour amuser l'Empereur.

— Qui ?

— L'Empereur.

— L'Empereur, c'est moi ! »

D'un pas vacillant, le vieux grimpa sur le gouvernail, pour mieux voir son interlocuteur.

Il cligna des yeux, comme ébloui par la présence d'un soleil radieux, qui eût percé les nuages, en pleine nuit.

« Vous, l'Empereur ? »

Il l'examina longuement, et conclut.

« C'est vrai qu'avec vos marques de petite vérole, vous pourriez presque en être un sosie.

— Moi, un sosie ? »

Ce disant, il éclata de rire, à en avoir les larmes aux yeux, tandis que le vieillard, hilare lui aussi, quittait son perchoir pour regagner le pont de la jonque. Il riait tant que son trajet, sur l'arête du gouvernail, prit une allure bouffonne, une légèreté funambulesque, presque lyrique, mais il fit un faux pas et tomba dans le Canal.

Nouveau bruit de chute.

Un instant, on l'entendit se débattre dans l'eau, suffoqué par son propre rire, et il finit par remonter à bord, en criant :

« C'est ça que vous êtes, son sosie ? »

Sa Majesté se retourna vers ses gardes du corps, et vit leurs traits inexpressifs se ramollir. Ce changement était à peine perceptible, mais il saisit dans leurs yeux une lueur souriante. Peut-être me prennent-ils, eux aussi, pour un de mes sosies ?

« Moi, l'Empereur, je veux aller faire un tour à l'écluse », leur dit-il d'un ton froid et autoritaire.

— À vos ordres, Majesté. »

Soudain, l'un des colosses fut pris d'un fou rire si contagieux que son compère s'esclaffa de concert. Ils tentèrent bien de se taire, mais le rire les reprit de plus belle, et il s'en fallut de peu qu'ils ne tombassent à l'eau, comme le vieux.

Sa Majesté avait le sourire ; l'erreur humaine l'amusait toujours, surtout quand elle consistait à le prendre pour un de ses sosies.

Plus tard, vers minuit, la constellation du Verseau disparut, et son reflet s'éteignit à la surface des eaux du Grand Canal, tandis que d'autres étoiles se mirent à scintiller, à leur place habituelle, sur ce miroir de bronze, où elles dessinaient de belles traînées nacrées, que les mouvements de la nef baptisée « Quinte Souveraine » agitaient de séismes intermittents.

Sur chacune des deux rives du fleuve Huai, au moins un millier de jeunes filles en simple chemise, la jupe roulée sur les hanches, tiraient de grosses cordes reliées au vaisseau impérial. Les jambes vacillantes, penchées à ras du sol, presque ventre à terre, elles tentaient de lui faire franchir l'écluse, pour rejoindre le Grand Canal, quinze pieds plus bas, une mission qui semblait impossible, étant donné le poids impressionnant de ce palais flottant.

Non moins nombreuses que les précédentes, d'autres filles manœuvraient les cabestans, à la seule force de leurs bras. Les amarres qui enserraient le bateau, tendues au maximum, étaient sur le point de rompre, mais il refusait toujours de bouger. La manœuvre était d'autant plus aléatoire et périlleuse que ces filles aux petits pieds bandés étaient aussi douces et fragiles que les nymphes chasseresses de Sa Majesté.

Soudain, pour se donner de l'allant, les haleuses entonnèrent un chant, qui fit vibrer l'écluse :

« Les eaux du Fleuve, en bouillonnant,
déversent leurs flots abondants.
Le Seigneur du Grand Canal consent,
Mais pas trop vite. Mais pas trop vite.
Déposez-le tout doucement. »

Formant un voile épais, qui masquait presque la lune, les étendards de tous les bordels de Yangzhou, privés ou étatiques, flottaient sur l'écluse. Les noms brodés dessus, qui évoquaient des pratiques érotiques, éveillèrent, chez l'Empereur, le souvenir de ses exercices d'Alchimie Intérieure. Voici, par exemple, les noms de quelques bordels d'État :

Le cri de la grue.
L'immortel ivre.
La brume légère.

La poudre rose.
Le saule vert.
L'épanouissement des fleurs de prunier.
La course des crabes.
Le collier de perles.
L'occident pillard.
Les invités.
L'appel du Bouddha.
Le ventre gonflé.
Les lettrés.
La joie du peuple.

(Ah ! soupira le monarque incognito, à l'époque, j'aurais dû nommer chacun de mes exercices d'Alchimie Intérieure du nom de ces établissements, dont la notoriété a franchi les murailles de Pékin. Je les aurais susurrés, tout en m'efforçant d'expurger ma vessie, de faire enfler mes testicules, de raccourcir mon prépuce, de corriger mon gland, de dégourdir mes vertèbres, d'assouplir mes reins, de rafraîchir mon foie, de soulager ma rate, d'alléger mon diaphragme... pour enfin aiguiser mon cœur, réjouir ma vue, et éveiller mon esprit.)

Il lui fut impossible de rejoindre le vaisseau, car la foule des spectateurs, qui avaient envahi les deux rives, était trop compacte, et, aussi brutaux fussent-ils, ses gardes du corps furent impuissants à lui frayer un chemin. Rapidement, il fut pris de panique. Il se sentait angoissé, il peinait à respirer, le contact physique avec les autres le dégoûtait, il haïssait l'odeur de la masse, elle lui donnait la nausée. Il étouffait. Heureusement, un grand châtaigner se dressait à proximité. Il se fit hisser sur les épaules de ses colosses, qui le soulevèrent jusqu'à une branche, à laquelle il grimpa comme un singe, et, confortablement installé, il jeta un coup d'œil en contrebas. Il avait la sensation de se trouver sur la hune d'un grand mât, et de regarder la scène à travers le brouillard. Il était heureux de dominer la foule, abrité des regards curieux par son chapeau, qu'il avait baissé sur ses yeux.

Partout se bousculaient des colporteurs, des vendeurs de fruits, de brochettes de crabes pimentés, de moineaux exclusivement nourris de muscade, de pâtisseries... Sur un chariot tiré par un âne tournait un cylindre noir, muni d'une cheminée, dont le tuyau vomissait une fumée sombre. Soudain, il y eut une explosion, et une cascade de grains de riz soufflés jaillit du conduit.

Vues de sa place, les « poulettes », comme les appelait le vieillard, étaient toutes d'humeur joyeuse. Après tout, elles savaient bien qu'elles ne risquaient pas leur vie à haler le vaisseau impérial, que ce n'était qu'un jeu, un spectacle, une fête, à la gaieté générale de laquelle tout le monde participait.

Le public, excité, se mit à applaudir, quand, dans un grand craquement, la quille, la coque, les voiles, toute la membrure du bateau oscilla enfin, dans un même mouvement, et que, sans plus de résistance, il avança vers l'écluse.

Dans la foule des haleuses, plus belles les unes que les autres, Sa Majesté cherchait, en vain, qui pouvait être Mian Mian. Il ne la connaissait pas encore, mais elle était déjà sa préférée : après sa course folle dans le quartier des « neuf ruelles », il était entré chez elle, y avait pris un bain, comme il l'avait prévu, et s'était allongé dans le grand lit fermé, tout imprégné d'un parfum de tubéreuse. Il avait eu la sensation de se trouver dans un autre monde. Un perroquet, à tête blanche et plumage cendré, avait volé autour de la chambre, en récitant un poème, et à la fin de chaque vers, il avait remué joyeusement sa queue carmin, tout rayonnant de coquetterie :

« Seule dans ma chambre,
intolérable est ma solitude.
Quand j'entends le bruit de tes pas,
Mes émotions me mettent au supplice. »

Que se passe-t-il, se demandait-il sur sa branche d'arbre, pourquoi les filles cessent-elles de haler mon vaisseau ? La foule s'était tue, et chacun avait mis sa main en cornet sur l'oreille pour mieux entendre.

Par-dessus le bouillonnement confus du fleuve Huai et les murmures presque inaudibles du Grand Canal, il distingua les tintements argentins d'une clochette.

Le bruit aurait pu provenir de sa braguette.

Mais non.

Un homme apparut sur le pont du vaisseau. À en juger par ses habits, il eût pu être Sa Majesté.

Il portait l'uniforme martial du Souverain : une veste rouge, ornée d'un dragon doré, un casque en cuir écarlate, couvert de pierres étincelantes (son casque préféré, en forme de coquillage, maintenu par une jugulaire, qui se refermait au moindre mouvement brusque), une jupe noire, brodée de phénix en plein vol, avec, par-dessus une sorte de tablier en tricot, accroché à une ceinture de jade, garnie de deux glands, et une paire de bottillons rouges, parfaitement graissés.

Un instant, il hésita sur l'identité de l'heureux élu. (Comme je l'envie ! Qui lui a offert cette mise en scène, ces milliers de filles qui halent le vaisseau ?) Certes, c'était un de ses sosies. Mais lequel ? L'Eau de la Quinte ? Le Miel ? le Lait ? Le Thé ? La distance, de son arbre au bateau, ne lui permettait pas de l'examiner en détail, et de toute façon, même quand c'était possible, comme souvent dans sa vie quotidienne, il avait un mal fou à les distinguer.

(Soit dit en passant, il n'avait jamais eu confiance dans leur goût prétendu pour certaines boissons, et il les soupçonnait d'échanger régulièrement leurs tasses, afin de le tromper.)

Mais si on lui en laissait le temps, il parvenait à saisir, en chacun, non point des particularités physiques, ou psychologiques, mais quelque chose de plus subtil, comme des réminiscences de leurs vies antérieures, des atavismes, dont ils ignoraient eux-mêmes l'origine.

Par exemple, le jour où un missionnaire européen lui avait offert une trousse pleine d'outils que nul ne connaissait à la Cour – un rabot, un bédane, une râpe, un polissoir –, le Thé de la Quinte avait révélé une prédisposition méconnue de lui-même : du bout des doigts, il avait caressé la lame du rabot, l'avait ajustée dans le fût, puis il avait passé la nuit, courbé sur un établi, à raboter des planches de bois, uniquement par plaisir. Depuis lors, il passait tout son temps de loisir à entreprendre des meubles, plutôt de beaux ouvrages. Ainsi, à l'odeur sereine de bois qui émanait de sa personne, Sa Majesté l'identifiait sans faute.

De même, le Miel de la Quinte avait un talent inné et inexplicable de boucher. Un jour, alors qu'il n'avait encore jamais touché un quartier de viande crue, il ne put s'empêcher d'emprunter à un cuisinier du Palais un simple couteau à lame courte, avec lequel il avait disloqué tout un bœuf, en moins d'une demi-heure, sans utiliser d'autres instruments. Son travail avait été aussi aisé que silencieux. Comme s'il avait été très fin connaisseur de l'anatomie bovine, le couteau avait pénétré tout seul dans l'animal, s'était promené entre les os, les tendons, les muscles… Dès lors, la boucherie était devenue la passion du Miel de la Quinte, qui y consacrait le plus clair de son temps, uniquement par plaisir. C'était par l'odeur de la graisse animale qui collait à sa peau que Sa Majesté le distinguait des autres.

Pour l'Eau de la Quinte, le Monarque imaginait qu'il descendait d'une lignée de pêcheurs, tant il aimait à plonger dans n'importe quel étang, lac, rivière, fleuve, ou mer. Il restait des heures dans l'eau, immobile comme un hippopotame. Il était le plus facile à identifier, car sa peau, trop souvent détrempée, était plus molle que celle des autres.

Quant à la vedette de cette nuit, vers qui se focalisaient tous les regards, le monarque sut qu'il était le Lait au premier coup de son bottillon rouge dans un ballon, car c'était le seul de ses sosies à qui il avait réussi à apprendre le jeu de la balle au pied, qui demandait une adresse peu commune.

Le ballon de cuir, gonflé d'air, ressemblait à celui qu'utiliseront les joueurs de football, quelques siècles plus tard, mais le jeu était un pur exercice de jonglage, qui se jouait seul, le but étant de ne pas laisser le ballon tomber à terre. L'empereur Xuande, qui avait régné soixante-dix ans avant Sa Majesté, était si grand amateur de ce sport qu'il avait même fait castrer un soldat, véritable génie de la balle au pied, afin que, devenu eunuque, il pût jouer tous les jours avec lui à l'intérieur du Palais.

Notre monarque actuel, plus connu pour son amour des animaux, montra moins de passion que lui pour ce jeu, mais il est néanmoins considéré par les historiens comme le deuxième amateur de tous les temps, car il ordonna, durant son règne, de raser un temple, à Pékin, pour en faire un terrain réservé à la pratique de ce sport.

Le ballon, lancé en l'air par le Lait de la Quinte, s'éleva de plus en plus haut, sous les ovations des spectateurs, et l'escorte d'une horde de phalènes qui voltigeaient autour de lui. On eût dit qu'il allait disparaître dans les nuages. Lorsqu'il retomba, le Lait, d'un excellent contrôle du pied, le plaqua sur l'empeigne de son bottillon et le renvoya encore plus haut dans le ciel. Puis, il le rattrapa avec la tête, le garda un instant sur son front, le fit passer sur son crâne, descendre le long de sa colonne vertébrale, et, alors qu'il allait toucher terre, il lança un coup de pied oblique, « en patte de canard », qui le propulsa de nouveau en l'air.

Il jongle bien, consentit Sa Majesté, avec un sourire de maître indulgent. Mais il lui reste du chemin à parcourir pour atteindre mon niveau. Il serait incapable de réaliser l'« acrobatie amphibie de Confucius », un coup mille fois plus beau que celui « en patte de canard ».

Par hasard, en regardant plus loin, sur le pont du vaisseau, il aperçut un individu qui sortait de la cale, bientôt suivi par cinq autres, vêtus de noir, presque aussi massifs et vigoureux que ses gardes de corps. Il lui semblait avoir déjà croisé le premier homme, mais, comme pour l'odeur de l'éléphant après la pluie, dans le quartier des bordels, son identité lui échappait.

Au passage furtif d'une torche, dont la flamme, reflétée sur les vaguelettes du fleuve, éclaira un instant cette partie du vaisseau, il remarqua qu'il portait une tunique de brocart et un turban gris. Parvenu à la poupe, l'homme s'approcha du bord, releva le pan de devant de sa tunique, le glissa dans sa ceinture, descendit une échelle de corde, toujours suivi par ses cinq acolytes, et sauta dans une barque, qui les attendait.

Son nom ne revenait toujours pas à Sa Majesté, qui était pourtant sûre de connaître cette démarche et ces gestes. Il commença à se demander si sa grande consommation de résidus d'opium ne lui avait pas « raboté » le cerveau.

Soudain, à travers un voile de brume, ses yeux rencontrèrent ceux du Lait de la Quinte qui, pour la première fois, perdit le contrôle du ballon. Quant à lui, il eut un sursaut d'effroi, car ce qu'il entrevit, ce ne fut pas son sosie, mais la vision fugitive d'une baleine, gisant sans défense sur la rive, que les gens, y compris les enfants, venaient dépecer.

Cette image fugace disparut aussitôt, et le Lait reprit son jonglage, avec trois ballons de tailles différentes. Mais le Monarque, encore frappé par sa vision de baleine échouée, se demandait si c'était une hallucination d'opiomane ou une prémonition de mauvais augure.

« Que représente cette baleine ? Mon sosie, ou moi-même ? »

Au rythme de leurs chants, les mouvements des haleuses se firent plus dynamiques, mieux accordés, le vaisseau trembla de tout son corps, sa proue sortit de l'eau, et il avança par saccades d'un mètre, puis de deux, pour enfin glisser vers l'écluse, comme porté par des roues légères.

Si vous consultez un dictionnaire, voilà ce qu'on vous dit d'une écluse : « Ouvrage hydraulique, formé essentiellement de portes munies de vannes, et qui est destiné à retenir ou à lâcher l'eau, selon les besoins. »

Mais la nôtre, chers lecteurs, que le vaisseau impérial allait franchir, pour passer du fleuve Huai au Grand Canal, dont la différence de niveau des eaux était de quinze pieds, n'avait rien à voir avec ce sens académique du mot : sans porte, nue, bien dégagée, elle se détachait au-dessus des deux cours d'eau, qui ne communiquaient pas. De loin, on eût dit une demeure chinoise inondée, dont on ne voyait plus rien de la belle architecture, excepté le faîte de l'ample toit de tuiles noires.

Voilà le terme approprié : un simple faîte de toit à deux pentes, qui émergeait de l'eau, dont une pente disparaissait dans les flots déferlants du fleuve Huai, et l'autre, légèrement plus visible, plongeait dans l'onde murmurante du Grand Canal.

Si cela peut vous aider à visualiser une écluse chinoise de cette époque (excusez-moi d'insister sur cette topographie, mais elle est déterminante pour la suite des événements), je citerai, mot pour mot, une lettre qu'un missionnaire français, Louis Lecomte, rédigea deux siècles plus tard :

« … À la tête du Canal Supérieur, ils ont bâti un double glacis de pierre, qui, s'unissant par la pointe, s'étend des deux côtés jusqu'à la surface de l'eau. Quand la barque est dans le Canal Inférieur, on la guide par le moyen de plusieurs cabestans sur le plan

du premier glacis, jusqu'à ce qu'étant élevée sur la pointe, elle retombe par son propre poids le long du second glacis dans l'eau du Canal Supérieur, où elle va, durant quelque temps, comme un trait. On la fait descendre, à proportion, de la même manière. »

Le vaisseau impérial, vacillant comme un ivrogne, amorça son ascension vers la « pointe ». La foule hurlait, piétinait, encourageait les filles en sueur qui tiraient les cordes ou tournaient les cabestans, en criant en cadence. Leurs belles coiffures se défaisaient, elles perdaient leurs chaussures, tombaient, se relevaient.

Cette scène confuse avait quelque chose de magique, qui fit monter les larmes aux yeux du monarque perché. Sur le bateau, son sosie continuait à jongler, comme si cela faisait partie du spectacle. Son ballon s'élevait dans les airs et retombait sur sa bottine après avoir décrit des trajectoires verticales, horizontales, en arcs, en boucles, même en spirales, je n'exagère point. Il donnait des coups dans le ballon en faisant des sauts périlleux en avant, en arrière, comme suspendu à plusieurs dizaines de mètres au-dessus du pont, au mépris de la loi de la gravité.

« L'acrobatie amphibienne de Confucius ! Il l'a réussie, dit le Monarque. »

La montée du vaisseau vers la « pointe » de l'écluse se prolongeait ; de nouveau immobilisé, après quelques mètres, il refusait d'avancer davantage, et soudain, dans une glissade irrésistible, contre laquelle les filles ne purent rien faire, il repartit en arrière.

Devant cet échec, elles s'assirent ou s'allongèrent par terre, sans cacher leur agacement. Elles avaient bien tiré les cordes, parfaitement manœuvré les cabestans, et, si près du but, leurs efforts avaient été réduits à néant. Elles commençaient à douter. Dans la foule, les paris furent ouverts, des colporteurs se transformèrent en bookmakers fébriles, les parieurs s'enflammèrent, la victoire des haleuses, à leur prochaine tentative, était cotée à dix contre un. Poussant son chariot, sur lequel la cheminée vomissait toujours sa fumée noire, le vendeur de riz soufflé s'arrêta sous les pieds de Sa Majesté et lui demanda s'il voulait « se faire plaisir ».

Deux hommes avaient rejoint le groupe des haleuses, et l'un d'eux sembla leur tenir un discours. Cette fois, son identité revint à la mémoire du Monarque.

« Le Ministre de la Censure ! »

Sa présence inattendue, sans qu'il l'eût lui-même convoqué, le troubla, mais son trouble se transforma bientôt en un fleuve de lave, dans lequel il se sentit englouti, lorsqu'il reconnut l'autre homme, à côté du Grand Censeur : c'était le Premier Ministre.

Il était vêtu d'une tunique de toile, coiffé du bonnet de tissu noir des taoïstes, et, chose étonnante, que remarqua Sa Majesté, malgré la distance, il était chaussé d'une paire de sandales de paille : il était donc déguisé en maître de physiognomonie.

« Que peut-il dire aux filles ? Lit-il leur avenir dans les traits de leur visage ou les lignes de leur main ? »

Le discours des deux hommes fut bref, et les filles reprirent bientôt le halage du vaisseau.

« Ils ont dû leur promettre une prime, pensa le Monarque perché. Mais pourquoi se sont-ils déplacés en personne ? »

Soudain, un éclair de lucidité explosa dans sa tête. Le déplacement, sans ordre de l'Empereur, de deux membres essentiels du pouvoir exécutif de l'Empire ; leur intrusion secrète dans le vaisseau impérial…

« C'est un complot ! Ce pauvre sosie, qu'ils ont pris pour moi, va se faire tuer d'une façon ou d'une autre. »

Sans savoir comment, il se retrouva à jouer des coudes dans la foule, aidé par ses gardes du corps, qui tentaient de lui frayer un chemin. Leur bousculade provoqua la furie des spectateurs, on les insulta, on les traita de tous les noms, on se paya le luxe de leur donner tant de coups de poing qu'ils durent avancer en se protégeant la tête avec les bras.

« Si vous payez les morts, dit un proverbe chinois, ils ressusciteront et travailleront pour vous dans leur tombe. » Cette vérité fut une fois de plus prouvée. Le miracle eut lieu : pour aussi lourd qu'il fût, le vaisseau était déjà proche de la ligne de faîte quand Sa Majesté apparut, comme surgi du néant, devant les prostituées, dont l'état était voisin de l'hystérie.

« Arrêtez ! cria-t-il d'une voix désespérée, en courant de l'une à l'autre. Arrêtez immédiatement, c'est un ordre suprême ! »

Comme personne ne l'écoutait, il ordonna à ses gardes du corps de stopper les cabestans, mais en vain.

« Je suis l'Empereur, écoutez-moi. »

Tout le monde éclata de rire, tant cette phrase était incongrue, puisqu'ils voyaient l'Empereur jouer au ballon sur le pont du bateau. Le combat que ce marchand livrait contre les phalènes, qui formaient autour de lui une épaisse nuée noire, donnait encore plus d'absurdité à ses propos. Une plantureuse prostituée se plaça derrière lui, le prit par les hanches, et le renversa à terre. Il eut beau se débattre comme un forcené, la grosse parvint à le maîtriser et finit par le chevaucher.

Cette montagne de chairs, qu'il voyait à contre-jour, se pencha vers son visage, et soudain, ce fut le noir complet. Tandis qu'elle le couvrait de répugnants baisers, il l'entendit crier :

« Je baise l'Empereur ! »

Sa voix était si puissante que le Lait de la Quinte entendit ce cri de triomphe. Interrompant son jonglage, il se tourna dans leur direction pour voir ce qui se passait. Une femme était assise à califourchon sur un homme étendu à terre. Par solidarité masculine, il envoya un grand coup de pied dans son ballon, qui alla violemment heurter la tête de la grosse prostituée. Sonnée, elle s'écroula, à l'instant même où le vaisseau, enfin hissé sur l'arête supérieure du faîte, balança un instant sur cet angle aigu, avant de se rompre par le milieu, dans un fracas assourdissant. Sa Majesté entendit le dernier cri de son sosie, qui était décidément le plus proche de lui dans maints domaines : ni l'un ni l'autre ne savait nager.

La coque du vaisseau se brisa en deux. La proue sombra d'un coup dans le fleuve Huai, tandis que la poupe s'abandonna au courant du Grand Canal, où elle dériva lentement, avant de disparaître dans la nuit.

Toujours étendue sur le sol, Sa Majesté, qui entendit se rompre le bateau sans le voir, fut le témoin visuel, dans cette position, d'une autre rupture, parfaitement synchrone : après avoir traversé les brillantes Pléiades, serrées comme un essaim d'abeilles, l'étoile orangée s'envola, tel un oiseau, vers Orion, où elle s'arrêta net, pour exploser en silence.

XIV

Durant vingt-sept jours – la durée du deuil national, décrétée par le Ministre des Rites –, le noir et le blanc envahirent tout un continent. Noirs comme la nuit, blancs comme la neige (la neige en plein été, comme un linceul étrange et persistant), tels furent les trois cycles de neuf jours, durant lesquels tous les sujets de l'Empire, sans exception, durent porter un bonnet blanc et un brassard noir, en public, tandis que les fonctionnaires, qu'ils fussent civils ou militaires, étaient vêtus de robes en lin écru.

À Pékin, les neuf premiers jours du deuil se terminèrent par l'arrivée du cercueil impérial, et, à cette occasion, d'autres décrets furent promulgués : dans la capitale, il fut interdit de manger de la viande ou de boire de l'alcool, et les cloches de tous les temples et sanctuaires de la ville durent sonner jour et nuit, treize mille coups – le même chiffre que pour le précédent deuil national, celui de l'Impératrice douairière, la grand-mère de Sa Majesté, disparue vingt-cinq ans plus tôt.

Réunis par le Premier Ministre, les plus fameux géomanciens, les meilleurs astronomes et les plus grands maîtres des horoscopes examinèrent minutieusement les dates déterminantes de la vie de l'Empereur : d'abord, celle de sa naissance (le quinzième jour du premier mois de la septième année de l'ère Xuan De, à l'heure du cochon), puis celle de son décès (le dix-septième jour du huitième mois de la septième année du règne qui portait son nom, Zheng De, à l'heure du bœuf), chaque élément, heure, jour, mois, année, étant étudié en fonction de la position des astres correspondants. L'étude était d'autant plus sophistiquée qu'elle devait aussi tenir compte des dates de naissance de son père, de sa mère, de son épouse officielle, ainsi que de la taille de l'ombre de son cadavre (selon ces maîtres, elle devait mesurer dix pieds, mais, lors de sa noyade, le corps s'en était allé par le sud-ouest, où il avait subi l'influx néfaste de Jupiter, astre du Temps et de la Mort). Leurs calculs terminés, ils en conclurent que le convoi funèbre ne devait entrer dans la ville que par la porte nord – la Porte du Triomphe et de la Vertu –, à dix heures du soir, le moindre écart à cette ordonnance risquant d'être fatal à son successeur, un de ses neveux, qui vivait dans la lointaine province du Sichuan, et faisait route vers la capitale.

Ce soir-là, au coucher du soleil, telle une marée blanche, les habitants de Pékin emplirent les larges boulevards qui reliaient la Porte du Triomphe et de la Vertu à la porte nord de la Cité Interdite. Depuis le matin, des tireurs d'élite en armure, bardés d'arcs et de flèches, occupaient les places stratégiques, sur les murailles, les toits, les fenêtres, les balcons, etc. Partout, les cloches sonnaient le glas en l'honneur du défunt.

Ce n'était pas tant le char funèbre que tous attendaient (on savait que le cercueil serait vide, car, donnant raison au proverbe chinois, qui prétendait que « la mer n'a pas de bornes, le fleuve Huai pas de fond », on n'avait pas retrouvé le cadavre du malheureux noyé), mais pour beaucoup, c'était la seule occasion de voir les fameux sosies du souverain défunt. En la circonstance, la foule ressemblait plus à un public de foire, venu reluquer des « phénomènes », qu'à un cortège funèbre. Le spectacle était d'autant plus excitant qu'on reniflait déjà dans l'air l'odeur du sang.

Car c'était un secret de polichinelle : une grande polémique s'était engagée, au plus haut niveau, sur le respect ou non de cette tradition chinoise qui exigeait que le sosie d'un monarque fût enterré avec lui. Nul ne contestait la coutume, mais en l'espèce, la question était de savoir, dans la mesure où il n'y avait pas de cadavre, s'ils devaient accompagner au tombeau un cercueil vide.

Selon la rumeur qui courait en ville, les débats étaient très vifs, les avis partagés à proportion égale, et ni l'un ni l'autre des deux camps ne voulait céder. Seul le nouvel Empereur trancherait la question, dès son arrivée à la capitale.

Les habitants de Pékin n'avaient encore jamais vu spectacle aussi solennel : un quart d'heure avant l'ouverture de la Porte du Triomphe et de la Vertu, le Premier Ministre – qui représentait le camp favorable à la mise à mort des sosies –, vêtu en grand deuil, prit place au centre du boulevard, face à la porte. À sa gauche, quelque deux mille fonctionnaires civils ; à sa droite, le même nombre d'officiers de l'armée. Tous portaient une robe droite, en lin blanc, un chapeau blanc, garni de deux simples rubans qui leur tombaient jusqu'aux hanches, et des sandales de paille.

Comme il le faisait, lors des audiences à la Cour, le Grand Censeur notait la moindre contravention à la discipline : toux, trébuchement, échange de paroles avec un voisin, etc.

La scène fut spectaculaire, quand, à la suite du Premier Ministre, les deux groupes de fonctionnaires se mirent à genoux comme un seul homme.

Enfin, la porte s'ouvrit, dans un long et poignant grincement.

L'apparition des sosies éclipsa le reste du cortège. Nul ne prêta attention aux milliers de feux d'artifice, qui jaillirent de la tour de guet, comme surgis du néant, décrivirent mille et une trajectoires, en arc, en spirale ou en boucle, et explosèrent dans le ciel, soudain illuminé comme en plein jour ; nul ne prêta attention, non plus, à la mine féroce des diables qui ouvraient la marche, une hache d'or en travers de l'épaule ; pas plus qu'au dieu des chemins, un sceau géant dans une main, une hallebarde d'argent dans l'autre ; non plus qu'aux seize beaux enfants taoïstes, à robe couleur de nues, qui jouaient de la musique ; pas davantage aux vingt-quatre moines bouddhistes, qui frappaient sur des tambours et des cymbales ; encore moins aux six pavillons, qui déployaient mille plis brodés de cent fleurs ; pas même au char funèbre, dont le dais de soie blanche, orné de grues, de pivoines, et de lotus, s'accordait avec les soyeuses crinières immaculées des quatre chevaux de l'attelage ;

ni au cercueil, dont la fraîche odeur de bois traversait les tentures d'argent et les bannières frappées de caractères d'or qui le recouvraient ; les connaisseurs n'avaient pas le temps de s'extasier sur la texture exceptionnelle de ce bois précieux, aux étonnantes veinures, pas plus que sur l'épaisseur et le poids hors du commun des planches, dont une seule eût suffi à fournir tout un cercueil.

Personne ne pouvait détacher son regard, ne fût-ce qu'une seconde, des quatre sosies, dont deux marchaient en avant, et les deux autres à droite et à gauche du corbillard, chacun tenant dans la main le bout d'une longue cordelette jaune – le guide de l'âme – qui le reliait à un coin du cercueil.

Nul ne parvenait à les distinguer : ils étaient pareillement vêtus d'une casaque noire, entourée d'une ceinture de deuil, coiffés d'un turban blanc et chaussés de sandales de paille. Les pétards qui accompagnaient leur procession, dont certains étaient de véritables feux d'artifice, ponctuaient pareillement leurs visages de lueurs clignotantes, qui leur faisaient des yeux de chats dans l'ombre. Le seul qui se distinguait, par sa démarche clopin-clopant, était Sa Majesté.

Ce boitement était-il une séquelle de son agression par la grosse prostituée, dans la nuit de l'assassinat de son sosie ? Ou bien était-ce une allure mécanique, irrésistible, propre à qui court à la catastrophe ?

Ni l'un ni l'autre.

Laissez-moi vous divulguer un secret : il faisait le boiteux, car c'était la seule façon de marcher qui étouffait le tintement de sa clochette, dont le son plus pur, plus cristallin, plus musical, mais aussi plus fort que ceux de ses sosies, risquait de trahir sa véritable identité, qu'il avait réussi à cacher en usurpant celle du Lait de la Quinte.

Ah, le lait ! Cette boisson était son ennemi intime, depuis quelques jours, et il avait dû en ingurgiter, sous les yeux inquisiteurs de son entourage, plus qu'on n'en pouvait consommer en trois générations. Il avait l'impression de retomber en enfance, à force de lait, de yaourts, de fromages, et de tous ces produits laitiers, qui lui détraquaient le ventre.

En cet instant solennel, il sentait justement les redoutables effets de cette boisson impitoyable. Entre les coups des cloches, il entendait les gargouillements de ses intestins. « Le traître va encore me jouer un vilain tour ! » Effectivement, quelques minutes plus tard, une diarrhée imminente, liée à la trop grande ingestion de lait, le pressa d'aller au petit coin.

Mais il n'osa s'écarter du cortège, par crainte que son mouvement ne fût mal interprété, et ne lui valût des rafales de flèches, lancées par les tireurs d'élite cachés dans les arbres, ou des coups de sabre, assénés par les agents secrets, déguisés en civils, qui se tenaient partout dans la foule.

« Ne panique pas, s'il te plaît. Avoue qu'il est plaisant d'avoir la vie sauve, en ayant tous les jours la colique. »

Le cortège se dirigea vers la Porte de la Paix Terrestre. L'itinéraire était celui que Liu Gonggong avait emprunté, vingt jours plus tôt, à cette différence près qu'après la Tour du Tambour la longue colonne ne tourna pas vers la gauche mais poursuivit tout droit et contourna la colline artificielle de charbon, qui longeait les douves.

Sa Majesté n'eut bientôt plus besoin de jouer le boiteux, et c'est en clopinant pour de vrai qu'il accomplit la dernière partie du trajet, car sa colique, plus puissante à chaque minute, rendait son parcours affreusement pénible, et la Porte du Triomphe et de la Vertu était à cinq kilomètres du Palais ; jamais le Monarque détrôné n'avait couvert à pied une aussi longue distance.

Lorsqu'il franchit le pont de la porte nord de la Cité Interdite – la Porte de la Divinité Martiale, située à l'antipode de la Porte de la Paix Céleste –, l'air embaumait du parfum des phlox, qui couvraient les balustrades de marbre de leurs fleurs, dont les effluves étourdissants, qu'il connaissait bien, se déployaient de la tombée de la nuit au lever du jour. Le dais du corbillard ondulait, au rythme de la marche des chevaux sur les pavés, qu'il sentait, sous ses pieds couverts de cloques, vibrer comme de vieux amis soucieux de lui révéler – non, ce n'était pas une révélation, plutôt un rappel – l'existence du tunnel souterrain, qui partait de la résidence du Souverain, passait sous les appartements des favorites, traversait les trois arches de pierre qui enjambaient les douves, franchissait la Porte de la Divinité Martiale et rejoignait, vers le nord, un ancien égout abandonné, à l'extérieur de la Cité Interdite. Ce passage secret, seuls les Empereurs le connaissaient et s'en transmettaient secrètement l'information.

À cette réjouissante pensée, les gargouillis de ses boyaux se turent.

Pour la première fois de sa vie, il se retrouva en bas des marches de la Salle de la Paix Céleste, qu'il n'avait jusqu'alors jamais vue que du haut de son trône, d'où il dominait ses courtisans de ses regards plongeants. Jamais il n'avait imaginé que cette salle fût si haute, et quand le cercueil y fut porté, par soixante-quatre eunuques en habit noir et chapeau blanc, il lui sembla le voir disparaître peu à peu dans le ciel étoilé.

Durant cette interminable ascension du cercueil, il était agenouillé au premier rang, avec ses trois sosies, face à un grand catafalque, sur lequel étaient disposés des brûle-parfum, des bougeoirs, des flacons…, et autour duquel des moines tournaient, en psalmodiant des invocations.

Ce fut seulement quand il les entendit prononcer son nom qu'il comprit qu'ils invoquaient son âme.

« Je ne sais même pas si j'ai une âme. »

Cette phrase sortit de sa bouche à son insu, et il eut le sentiment de s'être trahi. Des gouttes de sueur froide perlèrent sur son front.

Apparemment, nul ne le prit au sérieux, et il entendit même quelques rires parmi les mandarins et les officiers qui se tenaient derrière lui.

« Peut-être n'avez-vous point d'âme, murmura le supérieur des moines. Mais notre grand Empereur Zheng De en avait une, j'en suis certain ! »

Il faillit répondre : « C'est moi, l'Empereur Zheng De », mais il parvint à se taire.

« Vive l'Empereur Zheng De, cria le moine. Vive l'âme de l'Empereur Zheng De. »

Son cri fut repris par les deux mille fonctionnaires civils et les deux mille officiers de l'armée.

« Que Votre âme soit délivrée des neuf enfers, prièrent ensemble les moines, tout en mimant une renaissance divine.

— Merci, marmonna Sa Majesté. »

Il fut interrompu par l'apparition du Premier Ministre, qui s'agenouilla devant le catafalque pour lire un éloge funèbre :

« Au nom de tous les membres du gouvernement, je viens respectueusement présenter nos offrandes à la dépouille sacrée de notre défunt Empereur Zheng De, devant le catafalque où vient d'être invoquée son âme. Hélas ! Notre Empereur, disciple le plus fidèle de Maître Confucius, consacra sa vie à l'accomplissement d'actes miséricordieux, avec autant de générosité que d'humanité. Toujours soucieux du bien-être de ses sujets, Il éleva son peuple avec une droiture, une vertu, une douceur, une bonté exemplaires.

Qui ne se désolerait de la disparition d'un Empereur si idéal, si vertueux ? Le monde des Bienheureux l'a maintenant accueilli. Et c'est avec les plus profonds sentiments d'affection, que je présente cette coupe remplie de son vin préféré. Puisse son âme s'en délecter ! »

Sa Majesté s'était bien amusée à écouter cet éloge qui lui était adressé, jusqu'au moment où le Ministre avait versé, presque sous son nez, son vin de prédilection dans une coupe en bronze, qu'il avait posée sur le catafalque. Il ne pouvait détacher son regard de cette coupe, de laquelle du vin avait débordé, et qu'en alcoolique invétéré il eût aimé essuyer avec sa langue.

Il baissa les yeux, sentant le regard inquisiteur du Ministre des Rites sur son visage.

Cette séance de torture se prolongea avec l'offrande suivante : celle d'une pipe d'opium.

La vue de Sa Majesté fut troublée par les larmes qui lui montèrent aux yeux. Dans ce léger brouillard, la pipe brillait de reflets nacrés. La voix théâtrale du Premier Ministre retentit de nouveau :

Hélas ! Si court fut le nombre de vos années. Insondable mystère de l'insondable Ciel, insondable destin d'un Monarque bon et beau, s'attristent les fleuves, se lamentent les nuages, pleure le vent ! Nous offrons respectueusement à votre âme éternelle cet humble morceau de pâte, dont la fumée murmure Hélas ! Hélas ! Daignez agréer notre offrande.

Sa Majesté n'entendit pas un mot de cette invocation. Il avait perdu la vue, l'ouïe, le toucher, le goût ; seul lui restait le sens le plus profond, le plus doux, le plus douloureux, pour un opiomane : l'odorat. Tout entier submergé par l'odeur, le Premier Ministre lui devint invisible, la Salle de la Paix Céleste disparut à ses yeux, le cercueil aussi. Le centre du monde devint l'arôme douceâtre de l'opium, qui lui alla droit au cœur, lorsqu'une main (celle d'un serviteur ? D'un eunuque ? Du Premier Ministre en personne ? Il n'en savait rien. Ce qu'il revoyait, c'était la main du serviteur de son enfance, tatouée, entre le pouce et l'index, d'un papillon qui semblait voler, quand ses doigts accomplissaient les mouvements compliqués de la préparation d'une pipe d'opium. Sous ses yeux d'enfant, ce papillon déployait alors ses douces ailes vert pâle, naviguait entre les aiguilles, la cuiller et la lampe, planait, tournoyait, ou restait suspendu en l'air) chauffa une boulette d'opium au-dessus de la flamme d'une lampe.

Les yeux mi-clos, il se régala de l'odeur du premier frémissement de la boulette, piquée à la pointe d'une fine et longue aiguille, tandis qu'un même frémissement parcourait ses vertèbres et imprégnait son « âme » – une âme, qu'est-ce que c'est ? ne cessait-il de se demander, à force d'entendre les autres invoquer la sienne – de l'infinie mélancolie de ses souvenirs. Puis il reconnut les effluves du début du ramollissement de la pâte, et aussitôt, le temps, l'espace, ses muscles, ses nerfs, se ramollirent de même, dans une parfaite synchronisation. Cette intense relaxation, qui avait, dès sa prime jeunesse, émoussé toute autre envie, joua, ce jour-là, un rôle salutaire : ses peurs s'évanouirent.

Ses narines se dilatèrent pour humer le parfum de caramel de la boulette gonflée, dans lequel il discerna l'arôme du vin, qu'on avait ajouté à la pâte pour la faire fermenter.

« C'est mon opium préféré », ne put-il se retenir de dire à voix haute, provoquant de nouveau quelques rires.

Il lui était décidément impossible de se taire, même réduit qu'il était à jouer son propre sosie.

Le placement de la boulette à l'entrée du fourneau le mit à si rude épreuve qu'il ferma les yeux et retint son souffle, de peur de « craquer ». Car s'il avait respiré, rien n'aurait pu l'empêcher de se lever d'un bond et de se jeter sur le catafalque pour s'emparer de la pipe, à laquelle il aurait tiré la plus grande bouffée de son existence.

« Non, se dit-il. Tu ne vas pas te comporter comme un vulgaire drogué. »

Il devait fuir la tentation, aller ailleurs, quelque part, soulager ses entrailles, par exemple. Il ouvrit les yeux et vit que le Premier Ministre ne faisait pas attention à lui. Mais, en quittant la salle, il aurait éveillé les soupçons de cet ennemi, l'auteur incontestable du coup d'État. « Il va m'interpeller, se dit-il, croyant que j'ai quelque chose à cacher. Quelque chose qui pourrait être mon identité. »

Quand la main du serviteur s'approcha de la lampe, sa peau prit une couleur ambre foncé. Entre le pouce et l'index, il avait lui aussi un tatouage, non pas de papillon, mais d'aigle royal, qui palpitait, voletait, froufroutait entre des rochers, à mesure que les doigts roulaient la boulette en forme de cône, la fixaient de nouveau à la pointe de l'aiguille et chauffaient le fourneau de la pipe à la flamme de la lampe. Soudain, les mouvements de ses doigts s'accélérèrent, et, sous leurs vibrations, l'oiseau de proie prit son envol, plana, piqua vers un rocher, où il se posa et referma ses ailes. Enfin, il respira : l'aiguille retirée, la pâte était restée parfaitement collée autour de l'orifice du fourneau, comme un anneau.

« Voilà une pipe bien préparée », salua-t-il en silence.

Le serviteur tendit la pipe au Premier Ministre.

Ce dernier scruta longuement le visage des quatre sosies agenouillés devant lui, et son regard se fixa sur Sa Majesté.

« Venez me rejoindre devant le catafalque », lui ordonna-t-il.

Sa Majesté se leva et se dirigea vers lui, clopin-clopant.

La main du Ministre tenait le fourneau de la pipe à quelques centimètres au-dessus de la flamme. Seul un fumeur avéré était capable de trouver une distance aussi juste.

Dans l'effervescence de la pâte d'opium qui frémissait, qui bouillonnait, le fourneau rubescent dégageait une vapeur bleutée.

« Je veux que vous en tiriez une bouffée, pour l'âme de votre maître.

— Excusez-moi, Monseigneur, mais il est interdit aux sosies de fumer l'opium de Sa Majesté. »

Le cri que poussa le chef des eunuques, du haut de la Salle de la Paix Céleste, où était posé le cercueil, mit un terme salvateur à cette séance de torture.

« Première lamentation ! »

À cette voix de castrat, prolongée et théâtrale, répondirent les pleurs déchirants et des cris douloureux, presque hystériques, d'un groupe de femmes du Palais, épouses et concubines du défunt Empereur, qui se tenaient dans la salle, à l'abri des regards masculins.

« Fin de la première lamentation ! » couina de nouveau la même voix.

Dans une coordination si parfaite qu'elle en était déroutante, les pleurs cessèrent aussitôt.

« Deuxième lamentation ! »

Ce nouvel ordre fut exécuté comme le précédent, avec persévérance et souplesse, d'abord par des voix féminines, où s'entendaient l'extrême du soprano, la subtilité du mezzo, les profondeurs du contralto, jaillis de poitrines généreuses. Puis éclata, dans la cour, le chœur masculin des milliers de mandarins et officiers de l'armée, qui se livraient aux lamentations de rigueur, avec des voix de ténor lyrique, dramatique ou léger, de contre-ténor, haute-contre, baryton, basse, contrebasse, ou basse-contre.

« Fin de la deuxième lamentation ! »

L'arrêt des voix, net, discipliné, coordonné, fut encore plus déroutant.

Cette comédie se répéta quinze fois, et, de ces milliers de pleureuses et pleureurs, aux voies aiguës, médianes ou graves, seules les larmes de Sa Majesté furent sincères ; c'étaient les larmes d'un opiomane impénitent, qui pleurait une pipe d'opium qu'il n'avait pu fumer.

XV

Finis, les appartements luxueux. Au nord-est de la Cité Interdite, à une centaine de mètres des murs d'enceinte, un petit temple jadis élevé par un empereur, dont le vœu d'avoir un fils avait été exaucé, avait été transformé, à la hâte, en résidence surveillée, où Sa Majesté et ses trois sosies passèrent la première nuit de leur retour au Palais, dans le dortoir des moines, sur des lits étroits, faits de simples planches posées sur des bûches enfoncées dans la terre battue. Leur surveillant, un eunuque gigantesque, distribua à chacun d'eux un bout de bois en guise de brosse à dents.

Peu avant minuit, sous prétexte d'insomnie, le monarque demanda à son gardien la permission d'aller prier dans la salle de cérémonie du temple, la seule digne de ce nom, appelée « salle du Bouddha Couché ». L'eunuque alla en référer à son chef, qui surveillait la porte d'entrée et organisait les patrouilles, le long des murs d'enceinte. N'y voyant aucun danger, ce dernier accepta la demande.

« Mais faut pas qu'il couche avec le Bouddha Couché », dit-il en éclatant de rire, comme à un bon jeu de mots.

Sitôt qu'il fut seul, le faux sosie se mit à arpenter la salle de cérémonie, de long en large, en sautant fiévreusement sur les dalles de pierre. Mais aucune ne bougea ou céda sous ses pieds.

Il tâtonna alors les murs, du sol au plafond, mais ses mains ne rencontrèrent pas la moindre fente artificielle, le moindre indice d'un passage secret.

Au milieu de la salle, reposait une statue en marbre blanc, d'un mètre et demi de haut sur cinq de large, du Bouddha Couché – la représentation de sa « Totale Extinction », le dernier des quatre miracles de son ultime existence terrestre, après sa Naissance, son Éveil, son Premier Sermon.

Il lui palpa les bras, des poignets aux épaules. La robe de moine que portait le Bouddha laissait à nu son épaule droite, et le pan qui couvrait son bras gauche était strié de plis, en léger relief, nettement séparés les uns des autres, qui laissaient transparaître la souplesse de son corps au repos. Il appuyait sa tête sur son coude droit. Notre faux sosie tâta les yeux clos de la statue, qui exprimaient une sérénité recueillie, la touffe de poils entre ses sourcils, sa bouche qui esquissait un sourire à peine perceptible, ses cheveux en boucles plates. Enfin, un battement de paupières. Et soudain, le crâne du Bouddha – à la protubérance exceptionnelle, conformément à la légende selon laquelle il avait deux cerveaux – s'ouvrit, révélant un accès, probablement un parmi tant d'autres, à un tunnel secret. L'intérieur était noir, et, lorsqu'il y lança un appel, les parois lui renvoyèrent un écho caverneux de sa voix.

Le crâne du Bouddha s'élargissait sur un caveau maçonné ; l'air y était froid, imprégné d'une forte odeur d'humidité et de moisissure. Sur le pan de mur droit, une porte coulissante marquait l'entrée d'une galerie, en partie murée, qui se rétrécissait, après quelques dizaines de mètres, en un boyau dans lequel notre intrus rampa, à quatre pattes, tenant entre ses dents une bougie qu'il avait trouvée dans la salle du Bouddha Couché. Il se sentait pareil à un pilleur de tombes.

Un antre. C'était à ce mot qu'il avait pensé, deux ans auparavant, en inspectant, pour la première fois, les travaux du mausolée qui lui était destiné, et aux plans duquel il avait participé. « Un bon empereur, disait toujours son père, n'a que deux grands projets : l'un est de choisir son héritier, l'autre est de construire son mausolée. » Aussi, alors qu'il n'avait que vingt-cinq ans et était encore sans descendance, avait-il déjà choisi l'emplacement de sa future sépulture, et chargé le Premier Ministre de veiller à la réalisation des travaux. Des milliers de soldats et de forçats avaient creusé les roches du mont Du Yu, à cinquante kilomètres de Pékin. Il se souvenait encore parfaitement du jour où il s'était assis sur le trône de marbre, décoré de dragons sculptés, érigé dans sa tombe – une copie conforme du trône de la Salle de la Paix Céleste, dans le Palais. À la manière d'un enfant espiègle, il avait tenté d'imaginer comment un pilleur de tombes réussirait à franchir les sept portes – la partie la plus élaborée du mausolée –, dont les ouvertures étaient creusées dans d'énormes blocs de granit, montés transversalement au tunnel, dont chacun des deux battants faisait trois mètres sur un mètre cinquante. (Étrange personnage. N'importe quel autre monarque, en visite dans sa future tombe, aurait médité sur la fugacité de l'existence humaine, ou réfléchi sur la place appropriée du cercueil de l'Impératrice, ou de la mère de son futur héritier. Lui, il avait préféré se mettre dans la peau d'un profanateur de sépultures, et s'était surtout intéressé au mécanisme des portes : après leur fermeture, un rocher glissait vers le sol, en diagonale, et les bloquait de l'intérieur ; on ne pouvait alors plus les ouvrir sans des renforts pour enlever la roche, à l'extérieur.)

À un tournant du passage secret, il s'arrêta et, soulevant la bougie, dont il ne restait déjà plus que la moitié, il s'avisa que le boyau descendait. Il entama la descente, le dos courbé, pour ne pas toucher le plafond suintant auquel la flamme vacillante donnait des reflets d'or.

Bientôt, la pente se radoucit, et il comprit que le tunnel ne passait pas sous les arches du pont, comme on le lui avait dit, mais directement sous les douves, à trente pieds de profondeur. Sans hésitation, il pataugea dans les flaques miroitantes, trop heureux de s'évader pour sentir l'odeur putride de l'eau stagnante.

C'était mystérieux. Après avoir amorcé une remontée, le boyau ne débouchait pas, comme prévu, à l'extérieur de la Cité Interdite, mais il continuait à serpenter longuement, à deux ou trois mètres au-dessous du sol. C'était un vrai passage secret, qui refusait, avec un orgueil aristocratique, une rencontre souterraine avec les égouts, les puits, les fosses des latrines, les caves, les tranchées abandonnées ou les anciennes galeries. Ainsi, pour parcourir la moindre distance, ce boyau solitaire multipliait-il les détours. « Dis-moi, où vas-tu ? lui demanda Sa Majesté. Pas dans les salles des domestiques, j'espère. » Car il y avait des salles réservées aux domestiques dans son mausolée. Il revit en pensée les détails du plan de sa propre tombe : cinq salles disposées en croix, dont les trois de l'axe principal lui étaient réservées, et les deux latérales, reliées aux siennes par des corridors, étaient dévolues à sa domesticité. Le jour de son inspection, il avait été étonné de voir bâiller, dans chacune des deux salles adjacentes, la bouche noire d'un énorme puits, dont la fosse n'avait pas encore été creusée jusqu'à la nappe phréatique. « C'est là, dans une salle pour les domestiques, qu'ils voudraient m'enterrer vivant, Moi, le vrai Empereur, le Fils du Ciel, le Souverain Suprême ! hurla-t-il en éclatant de rire. Ils s'attendent peut-être à ce que je creuse éternellement, dans un puits sans fosse. »

Son trajet se termina dans un caveau, dont le plafond bas était soutenu par des colonnes à socle renflé et chapiteau évasé, d'où pendait une corde jaune. Un frisson de bonheur lui parcourut le corps quand, après avoir poussé l'une d'elles, il la vit se déplacer, révélant, au-dessus de sa tête, un orifice inondé des rayons divins de la liberté. Grâce à la corde, il grimpa sans difficulté. Plus encore, il vola vers l'ouverture, au bord de laquelle il se posa enfin, à la manière du papillon tatoué sur la main de son ancien valet.

Aussitôt, comme par magie, un énorme bloc de granit referma le trou derrière lui. C'était le même mécanisme de fermeture que celui des portes de son tombeau, et il supposa que le souterrain était l'œuvre du même architecte.

XVI

« Soleil, je te vois pour la dernière fois. »

Voilà l'ultime cri que Sa Majesté, bâillonnée, aurait voulu lancer, en levant la tête vers le ciel, défiant le soleil du regard, jusqu'à ce qu'il disparût derrière les nuages gris.

Lui seul portait un bâillon, parmi la horde des prisonniers ligotés, agenouillés, couverts comme lui d'un simple morceau de tissu rouge, avec une échancrure pour le cou. (C'était une parodie du Tribunal des Enfers, où, selon la tradition, les juges, fatigués par le nombre des dossiers à traiter, étaient tirés de leur léthargie par la vue de la couleur rouge, lors du jugement dernier.)

« On peut bien me couper la tête, je suis l'Empereur. Jamais je ne serai comme les autres », pensa-t-il avec orgueil, en constatant qu'il était le seul bâillonné.

Le soleil, qui traversait parfois les nuages, forçait les autres prisonniers à cligner des yeux, lorsqu'ils levaient la tête vers la tour dressée au centre de l'épaisse muraille, dans laquelle était percée la Porte du Midi. Lui ne daignait pas même la regarder.

À vrai dire, il n'y avait pas grand-chose à y voir, sinon des groupes de mandarins et officiers de l'armée, dont les silhouettes lointaines, toutes de blanc vêtues – on entamait la troisième période de neuf jours du deuil national –, formaient des nuées blanches sur la tour.

Il commençait à savourer, non sans amertume, l'incongruité de son histoire : non seulement tout le monde portait son deuil, mais, quelques mois auparavant, il avait lui-même présidé la cérémonie du « droit à disposer des prisonniers de guerre ».

Là, c'était un bain de soleil doux et tiède qu'il s'efforçait de prendre, un soleil aux rayons souriants, aux rayons brûlants, aux rayons bourdonnants comme une vieille chanson de son enfance. Quelle était-elle, déjà ? Il essaya de s'en souvenir, mais en vain, comme toujours. Soudain, il fut saisi par les mains brutales de gardes qui l'amenèrent à la Porte du Midi. Il trébucha deux ou trois fois, sur ce trajet d'une centaine de mètres, au cours duquel il entendit l'accusation portée contre lui, lue par le Ministre de la Justice.

« Ne bouge plus, lui ordonna un garde. L'Empereur veut voir à quoi tu ressembles. »

Par réflexe, il leva les yeux. Sa stupéfaction fut si grande qu'il n'entendit ni la décision prise par son successeur, ni sa répétition par quatre généraux, puis huit, seize, trente-deux, soixante-quatre, jusqu'à ce que leurs cris éclatassent en un tonnerre, lancé par les bataillons de soldats.

Victime d'un véritable envoûtement, il n'entendait plus rien, ne voyait plus personne, à part les cinq hommes de même taille, de même âge, portant la même coiffure, non plus celle avec le rideau de perles qui pendait devant les yeux, mais le casque de cuir de l'uniforme militaire, qui laissait voir ces cinq visages, dont chacun était la copie conforme de l'autre.

Impossible de dire qui, parmi les cinq, était le nouvel Empereur, et qui étaient ses sosies.

XVII

Tout baignait dans la pénombre du crépuscule.

Au loin, une tache lumineuse flottait au milieu du grand lac de la Cité Interdite.

Cette lumière, loin d'être éblouissante, était douce, tiède, tamisée par une bâche semi-opaque qui laissait transparaître une cage en bois, dans laquelle étaient serrés quatre hommes : le Thé, le Miel, l'Eau, et le Vin de la Quinte (Notre Majesté).

« Que les sosies meurent comme est mort leur Maître », telle avait été la sentence que le nouvel Empereur avait prononcée, à la Porte du Midi.

Elle fut scrupuleusement exécutée.

Sur le lac, la silhouette jaune pâle du Thé disparut en premier, suivie par celle dorée du Miel, celle rosée de l'Eau, et enfin celle blanchâtre du Vin. Sans un coup de cymbale, la tache lumineuse s'évanouit, et l'embarcation sur laquelle était posée la cage sans fond disparut. Seule cette dernière resta à la surface de l'eau, où elle flotta un instant, avant de faire la culbute, se débarrassant de sa bâche dans un mouvement lent et gracieux, une sorte d'acrobatie aquatique de Confucius.

CET OUVRAGE
A ÉTÉ REPRODUIT
ET ACHEVÉ D'IMPRIMER
SUR ROTO-PAGE
PAR L'IMPRIMERIE FLOCH
À MAYENNE EN FÉVRIER 2009

N° d'édition : L.01ELJN000197.N001. N° d'impression : 73181.
Dépôt légal : mars 2009.
(Imprimé en France)